Best Time

白马时光

心灵的归途

林非　施晗　主编

天津出版传媒集团
天津人民出版社

图书在版编目（CIP）数据

心灵的归途 / 林非，施晗主编．— 天津：天津人民出版社，2019.2

ISBN 978-7-201-14237-1

Ⅰ．①心… Ⅱ．①林… ②施… Ⅲ．①散文集 – 中国 – 当代 Ⅳ．① I267

中国版本图书馆 CIP 数据核字（2018）第 259407 号

心灵的归途

XINLING DE GUITU

林非　施晗　主编

出　　版　天津人民出版社
出 版 人　刘　庆
地　　址　天津市和平区西康路 35 号康岳大厦
邮政编码　300051
邮购电话　（022）23332469
网　　址　http://www.tjrmcbs.com
电子信箱　tjrmcbs@126.com

出 品 人　李国靖
特约监制　王　瑜
责任编辑　玮丽斯
特约策划　石　雯
特约编辑　石　雯
封面设计　林　丽
版式设计　王雨晨

制版印刷　嘉业印刷（天津）有限公司
经　　销　新华书店
开　　本　880 毫米 ×1230 毫米　1/32
印　　张　8.75
字　　数　170 千字
版次印次　2019 年 2 月第 1 版　2019 年 2 月第 1 次印刷
定　　价　39.80 元

我们爱的不是这固有的生命，
我们爱的是这生存的趣味。

目　录

一种云

合欢树

目　录

焚鹤人

羊的样子

一种云

多少年之后我才知道，
我们真正要找的，再也找不回来的，
是此时此刻的全部生活。
它消失了，又正在被遗忘。

街

文 / 沈从文

有个小小的城镇，有一条寂寞的长街。

那里住下许多人家，却没有一个成年的男子。因为那里出了一个土匪，所有男子便都被人带到一个很远很远的地方去，永远不再回来了。他们是五个十个用绳子编成一连，背后一个人用白木梃子敲打他们的腿，赶到别处去做军队上搬运军火的伕子的。他们为了“国家”，应当忘了“妻子”。

大清早，各个人家从梦里醒转来了。各个人家开了门，各个人家的门里，皆飞出一群鸡，跑出一些小猪，随后男女小孩子出来站在门限上撒尿，或蹲到门前撒尿，随后便是一个妇人，提了小小的木桶，到街市尽头去提水。有狗的人家，狗皆跟着主人身前身后摇着尾巴，也时时刻刻照规矩在人家墙基上抬起一只腿撒尿，又赶忙追到主人前面去。这长街早上并不寂寞。

当白日照到这长街时，这一条街静静的像在午睡，什么地方柳树桐树上有新蝉单纯而又倦人的声音，许多小小的屋里，湿而发霉的土地上，头发干枯脸儿瘦弱的孩子们，皆蹲在土地上或伏在母亲身边睡着了。做母亲的全按照一个地方的风气，当街坐下，织男子们束腰用的板带过日子。用小小的木制手机，固定在房角一柱上，伸出憔悴的手来，便捷地把手中犬骨线板压着手机的一端，退着粗粗的棉线，一面用一个棕叶刷子为孩子们拂着蚊蚋。带子成了，便用剪子修理那些边沿，等候每五天来一次的行贩，照行贩所定的价钱，把已成的带子收去。

许多人家门对着门，白日里，日头的影子正正地照到街心不动时，街上半天还无一个人过身。每一个低低的屋檐下人家里的妇人，各低下头来赶着自己的工作，做倦了，抬起头来，用疲倦忧愁的眼睛，张望到对街的一个铺子，或见到一条悬挂到屋檐下的带样，换了新的一条，便仿佛奇异的神气，轻轻地叹着气，用犬骨板击打自己的下颌，因为她一定想起一些事情，记忆到由另一个大城里来的收货人的买卖了。

她一定还想到另外一些事情。

有时这些妇人把工作停顿下来，遥遥地谈着一切。最小的孩子饿哭了，就拉开衣的前襟，抓出枯瘪的乳头，塞到那些小小的口里去。她们谈着手边的工作，谈着带子的价钱和棉纱的价钱，谈到麦子和盐，谈到鸡的发瘟，猪的发瘟。

街上也常常有穿了红绸子大裤过身的女人，脸上抹胭脂擦粉，小小的髻子，光光的头发，都说明这是一个新娘子。到这时，小孩子便大声喊着看新娘子，大家完全把工作放下，站到门前望着，望到不见这新娘子的背影时，才重重地换了一次呼吸，回到自己的工作凳子上去。

街上有时有一只狗追一只鸡，便可以看见一个妇人持了一长长的竹子打狗的事情，使所有的孩子们都觉得好笑。长街在日里也仍然不寂寞。

街上有时什么人来信了，许多妇人皆争着跑出去，看看是什么人从什么地方寄来的。她们将听那些认字的人，念信内说到的一切。小孩子们同狗，也常常凑热闹，追随到那个人的家里去，那个人家便不同了。但信中有时却说到一个人死了的这类事，于是主人便哭了。于是一切不相干的人围聚在门前，过一会儿，又即刻走散了。这妇人，伏在堂屋里哭泣，另外一些妇人便代为照料孩子，买豆腐，买酒，买纸钱，于是不久大家都知道那家男人已死掉了。

街上到黄昏时节，常常有妇人手中拿了小小的筐箩，放了一些米，一个蛋，低低地喊出了一个人的名字，慢慢从街的这端走到另一端去。这是为不让小孩子夜哭发热，使他在家中安静的一种方法，这方法，同时也就娱乐到一切坐到门边的小孩子。长街上这时节也不寂寞的。

黄昏里，街上各处飞着小小的蝙蝠。望到天上的云，同归巢还家的老鸹，背了小孩子们到门前站定了的女人们，一面摇动背上的孩子，一面总轻轻地唱着忧郁凄凉的歌，娱悦到心上的寂寞。

“爸爸晚上回来了，回来了，因为老鸹一到晚上也回来了！”

远处山上全紫了，土城擂鼓起更了，低低的屋里，有小小油灯的光，为画出屋中的一切轮廓，听到筷子的声音，听到碗盏磕碰的声音……但忽然间小孩子又哇的哭了。

爸爸没有回来。有些爸爸早已不在这世界上了，但并没有信来。有些临死时还忘不了家中的一切，便托便人带了信回来。得到信息哭了一整夜的妇人，到晚上便把纸钱放在门前焚烧。红红的火光照到街上下人家的屋檐，照到各个人家的大门。见到这火光的孩子们，也照例十分欢喜。长街这时节也并不寂寞的。

阴雨天的夜里，天上漆黑，街头无一个街灯，狼在土城外山嘴上嗥着，用鼻子贴近地面，如一个人的哭泣，地面仿佛浮动在这奇怪的声音里。什么人家的孩子在梦里醒来，吓哭了，母亲便说：“莫哭，狼来了，谁哭谁就被狼吃掉。”

卧在土城上高处木棚里老而残废的人，打着梆子。这里的人不须明白一个夜里有多少更次，且不必明白半夜里醒来是什么时候。那梆子声音，只是告给长街上人家，狼已爬进土城到长街，要他们小心一点门户。

一到了阴雨的夜里，这长街更不寂寞，因为狼的争斗，使全街热闹了许多。冬天若夜里落了雪，则早早起身的人，开了门，便可看到狼的脚迹，同糍粑一样印在雪里。

一九三一年五月十日作

窗

文 / 钱锺书

又是春天，窗子可以常开了。春天从窗外进来，人在屋子里坐不住，就从门里出去。不过屋子外的春天太贱了！到处是阳光，不像射破屋里阴深的那样明亮；到处是给太阳晒得懒洋洋的风，不像搅动屋里沉闷的那样有生气。就是鸟语，也似乎琐碎而单薄，需要屋里的寂静来做衬托。我们因此明白，春天是该镶嵌在窗子里看的，好比画配了框子。

同时，我们悟到，门和窗有不同的意义。当然，门是造了让人出进的。但是，窗子有时也可作为进出口用，譬如小偷或小说里私约的情人就喜欢爬窗子。所以窗子和门的根本分别，绝不仅是有没有人进来出去。若据赏春一事来看，我们不妨这样说：有了门，我们可以出去；有了窗，我们可以不必出去。窗子打通了大自然和人的隔膜，把风和太阳逗引进来，使屋子里也关着一部分春天，让我们安坐了享受，无须再到外面去找。古代诗人像陶渊明对于窗子的这种精神，颇有会心。《归去来辞》有两句道：“倚南窗以寄傲，审容膝之易安。”不等于说，只要有窗可以凭眺，就是小屋子也住得么？

他又说：“夏月虚闲，高卧北窗之下，清风飒至，自谓羲皇上人。”意思是只要窗子透风，小屋子可成极乐世界；他虽然是柴桑人，就近有庐山，也用不着上去避暑。所以，门许我们追求，表示欲望；窗子许我们占领，表示享受。这个分别，不但是住在屋里的人的看法，有时也适用于屋外的来人。一个外来者，打门请进，有所要求，有所询问，他至多是个客人，一切要等主人来决定。反过来说，一个钻窗子进来的人，不管是偷东西还是偷情，早已决心来替你做个暂时的主人，顾不到你的欢迎和拒绝了。缪塞（Musset）在《少女做的是什么梦》（*A quoi rêvent les jeunes filles*）那首诗剧里，有句妙语，略谓父亲开了门，请进了物质上的丈夫（matériel époux），但是理想的爱人（idéal）总是从窗子出进的。换句话说，从前门进来的，只是形式上的女婿，虽然经丈人看中，还待博取小姐自己的欢心；要是从后窗进来的，才是女郎们把灵魂肉体完全交托的真正情人。你进前门，先要经门房通知，再要等主人出现，还得寒暄几句，方能说明来意，既费心思，又费时间，哪像从后窗进来得直捷痛快？好像学问的捷径，在乎书背后的引得，若从前面正文看起，反见得迂远了。这当然只是在社会常态下的分别，到了战争等变态时期，屋子本身就保不住，还讲什么门和窗！

世界上的屋子全有门，而不开窗的屋子我们还看得到。这指示出窗比门代表更高的人类进化阶段。门是住屋子者的需要，窗多少是一种奢侈，屋子的本意，只像鸟窠兽窟，准备人回来过夜的，把门关上，算是保护。但是墙上开了窗子，收入光明和空气，使我们白天不必到户外去，关了门也可生活。屋子在人生里因此增添了意义，不只是避风雨、过夜的地方，并且有了陈设，挂着书画，是我们从早到晚思想、工作、娱乐、演出人生悲喜剧的场子。门是人的进出口，窗可以说是天的进出口。屋子本是人造了为躲避自然的胁害，而向四垛墙、一个屋顶里，窗引诱了一角天进来，驯服了它，给人利用，好比我们笼络野马，变为家畜一样。从此我们在屋子里就能和自然接触，不必去找光明，换空气，光明和空气会来找到我们。所以，人对于自然的胜利，窗也是一个。不过，这种胜利，有如女子对于男子的胜利，表面上看来好像是让步——人开了窗让风和日光进来占领，谁知道来占领这个地方的就给这个地方占领去了！我们刚说门是需要，需要是不由人做得主的。譬如饿了就要吃，渴了就得喝。所以，有人敲门，你总得去开，也许是易卜生所说比你下一代的青年想冲进来，也许像德昆西《论谋杀后闻打门声》（*On the Knocking at the Gate in the Macbeth*）所说，光天化日的世界想攻进黑暗罪恶的世界，也许是浪子回家，也许是有人借债（更许是讨债），你愈不知道，怕去开，你愈想知道究竟，愈要去开。甚至每天邮差打门的声音，也使你起了带疑惧的希冀，因为你不知道而又愿知道他带来的是什么消息。

门的开关是由不得你的。但是窗呢？你清早起来，只要把窗幕拉过一边，你就知道窗外有什么东西在招呼着你，是雪，是雾，是雨，还是好太阳，决定要不要开窗子。上面说过窗子算得奢侈品，奢侈品原是在人看情形斟酌增减的。

我常想，窗可以算房屋的眼睛。刘熙《释名》说："窗，聪也；于内窥外，为聪明也。"正和凯罗（Gottfried Keller）《晚歌》（*Abendlied*）起句所谓"双瞳如小窗（Fensterlein），佳景收历历"，同样地只说着一半。眼睛是灵魂的窗户，我们看见外界，同时也让人看到了我们的内心，眼睛往往跟着心在转。所以孟子认为相人莫良于眸子，梅特林克戏剧里的情人接吻时不闭眼，可以看见对方有多少吻要从心里上升到嘴边。我们跟戴黑眼镜的人谈话，总觉得捉摸不住他的用意，仿佛他以假面具相对，就是为此。据爱克曼（Eckermann）记一八三〇年四月五日歌德的谈话，歌德恨一切戴眼镜的人，说他们看得清楚他脸上的皱纹，但是他给他们的玻璃片耀得眼花缭乱，看不出他们的心境。

窗子许里面人看出去，同时也许外面人看进来，所以在热闹地方住的人要用窗帘子，替他们私生活做个保障。晚上访人，只要看窗里有无灯光，就约略可以猜到主人在不在家，不必打开了门再问，好比不等人开口，从眼睛里看出他的心思。关窗的作用等于闭眼。天地间有许多景象是要闭了眼才看得见的，譬如梦。假使窗外的人声物态太嘈杂了，关了窗好让灵魂自由地去探胜，安静地默想。有时，关窗和闭眼也有连带关系，你觉得窗外的世界不过尔尔，并不能给予你什么满足，你想回到故乡，你要看见跟你分离的亲友，你只有睡觉，闭了眼向梦里寻去，于是你起来先关了窗。因为只是春天，还留着残冷，窗子也不能整天整夜不关的。

灯

文 / 巴金

我半夜从噩梦中惊醒，感觉到窒闷，便起来到廊上去呼吸寒夜的空气。

夜是漆黑的一片，在我的脚下仿佛横着沉睡的大海，但是渐渐地像浪花似的浮起来灰白色的马路。然后夜的黑色逐渐减淡。哪里是山，哪里是房屋，哪里是菜园，我终于分辨出来了。

在右边，傍山建筑的几处平房里射出来几点灯光，它们给我扫淡了黑暗的颜色。

我望着这些灯，灯光带着昏黄色，似乎还在寒气的袭击中微微颤抖。有一两次我以为灯会灭了。但是一转眼，昏黄色的光又在前面亮起来。这些深夜还燃着的灯，它们（似乎只有它们）默默地在散布一点点的光和热，不仅给我，而且还给那些寒夜里不能睡眠的人，和那些这时候还在黑暗中摸索的行路人。是的，那边不是起了一阵急促的脚步声吗？谁从城里走回乡下来了？过了一会儿，一个黑影在我眼前晃一下。影子走得极快，好像在跑，又像在溜，我了解这个人急忙赶回家去的心情。那么，我想，在这个人的眼里、心上，前面那些灯光会显得更明亮、更温暖吧！

我自己也有过这样的经验。只有一点微弱的灯光，就是那一点仿佛随时都会被黑暗扑灭的灯光也可以鼓舞我多走一段长长的路。大片的飞雪飘打在我的脸上，我的皮鞋不时陷在泥泞的土路中，风几次要把我摔倒在污泥里，我似乎走进了一个迷阵，永远找不到出口，看不见路的尽头。但是我始终挺起身子向前迈步，因为我看见了一点豆大的灯光。灯光，不管是哪个人家的灯光，都可以给行人——甚至像我这样的一个异乡人——指路。

这已经是许多年前的事了。我的生活中有过好些大的变化。现在我站在廊上望山脚的灯光，那灯光跟好些年前的灯光不是同样的么？我看不出一点分别！为什么？我现在不是安安静静地站在自己楼房前面的廊上么？我并没有在雨中摸夜路。但是看见灯光，我却忽然感到安慰，得到鼓舞。难道是我的心在黑夜里徘徊，它被噩梦引入了迷阵，到这时才找到归路？

我对自己的这个疑问不能够给一个确定的回答。但是我知道我的心渐渐地安定了，呼吸也畅快了许多。我应该感谢这些我不知道姓名的人家的灯光。他们点灯不是为我，在他们的梦寐中也不会出现我的影子。但是我的心仍然得到了益处。我爱这样的灯光。一盏灯甚或几盏灯的微光固然不能照彻黑暗，可是它也会给寒夜里一些不眠的人带来一点勇气，一点温暖。

孤寂的海上的灯塔挽救了许多船只的沉没，任何航行的船只都可以得到那灯光的指引。哈里希岛上的姐姐为着弟弟点在窗前的长夜孤灯，虽然不曾唤回那个航海远去的弟弟，可是不少捕鱼归来的邻人都得到了它的帮助。

再回溯到远古的年代去。古希腊女教士希洛点燃的火炬照亮了每夜泅过海峡来的利安得尔的眼睛。有一个夜晚，暴风雨把火炬弄灭了，让那个勇敢的情人溺死在海里。但是熊熊的火光至今还隐约地亮在我们的眼前，似乎那火炬并没有跟着殉情的古美人永沉海底。

这些光都不是为我燃着的，可是连我也分到了它们的一点点恩泽——一点光，一点热。光驱散了我心灵里的黑暗，热促成我心灵的发育。一个朋友说："我们不是单靠吃米活着。"我自然也是如此。我的心常常在黑暗的海上漂浮，要不是得着灯光的指引，它有一天也会永沉海底。

我想起了另一位友人的故事：他怀着满心难治的伤痛和必死之心投到江南的一条河里。到了水中，他听见一声叫喊（"救人啊！"），看见一点灯光，模糊中他还听见一阵喧闹，以后便失去知觉。醒过来时他发觉自己躺在一个陌生人的家中，桌上一盏油灯，眼前几张诚恳、亲切的脸。“这人间毕竟还有温暖。”他感激地想着，从此他改变了生活态度。“绝望”没有了，“悲观”消失了，他成了一个热爱生命的积极的人。这已经是二三十年前的事了。我最近还见到了这位朋友。那一点灯光居然鼓舞一个出门求死的人多活了这许多年，而且使他到现在还活得健壮。我没有跟他重谈起灯光的话。但是我想，那一点微光一定还在他的心灵中摇晃。

“在这人间，灯光是不会灭的。”我想着，想着，不觉对着山那边微笑了。

生

文 / 许地山

我的生活好像一棵龙舌兰，一叶一叶慢慢地长起来。某一片叶在一个时期曾被那美丽的昆虫做过巢穴；某一片叶曾被小鸟们歇在上头歌唱过。现在，那些叶子都落掉了！只有瘢楞的痕迹留在干上。人也忘了某叶某叶曾经显过的样子。那些叶子曾经历过的事迹唯有龙舌兰自己可以记忆得来，可是它不能说给别人知道。

我的生活好像我手里这管笛子。它在竹林里长着的时候，许多好鸟歌唱给它听；许多猛兽长啸给它听；甚至天中的风、雨、雷、电都不时教给它发音的方法。

它长大了，一切教师所教的都纳入它的记忆里，然而它身中仍是空空洞洞，没有什么。

做乐器者把它截下来，开几个气孔，搁在唇边一吹，它从前学的都吐露出来了。

天窗

文 / 茅盾

乡下的房子只有前面一排木板窗。暖和的晴天，木板窗扇扇开直，光线和空气都有了。碰着大风大雨，或者北风呼呼地叫的冬天，木板窗只好关起来，屋子里就黑得像地洞里似的。于是乡下人在屋顶上面开一个小方洞，装一块玻璃，叫作天窗。

夏天阵雨来了时，孩子们顶喜欢在雨里跑跳，仰着脸看闪电，然而大人们偏就不许，“到屋里来呀”！孩子们跟着木板窗的关闭，也就被关在地洞似的屋里了。这时候，小小的天窗是唯一的慰藉。

从那小小的玻璃，你会看见雨脚在那里吧嗒吧嗒跳，你会看见带子似的闪电一瞥；你想象到这雨、这风、这雷、这电，怎样猛厉地扫荡了这世界，你想象它们的威力比你在露天真实感到的要大这么十倍百倍。小小的天窗会使你的想象锐利起来！

晚上，当你被逼着上床去“休息”的时候，也许你还忘不了月光下的草地河滩，你偷偷地从帐子里伸出头来，你仰起了脸，这时候，小小的天窗又是你唯一的慰藉！

你会从那小玻璃上面的一粒星，一朵云，想象到无数闪闪烁烁可爱的星，无数像山似的、马似的、巨人似的奇幻的云彩；你会从那小玻璃上面掠过的一条黑影想象到这也许是灰色的蝙蝠，也许是会唱的夜莺，也许是恶霸似的猫头鹰——总之，美丽而神奇的夜的世界的一切，立刻会在你的想象中展开。

啊唷唷！这小小一方的空白是神奇的！它会使你看见了，若不是有了它，你就想不起来的宇宙的秘密；它会使你想到了，若不是有了它，你就永远不会联想到的种种事件！

发明这“天窗”的大人们是应得感谢的。因为活泼会想的孩子们会知道怎样从“无”中看出“有”，从“虚”中看出“实”，比任何他们看到的更真切、更阔达、更复杂、更确实！

一种云

文 / 瞿秋白

天总是皱着眉头。太阳光如果还射到地面上，那也总是稀微的淡薄的。至于月亮，那更不必说，只是偶然露出半面，用它那惨淡的眼光看一看这罪孽的人间，这是孤儿寡妇的眼光，眼睛里含着总算还没有流完的眼泪。受过不止一次封禅大典的山岳，至少有大截是上了天，只留一点山脚给人看。黄河、长江……据说是中国文明的“父母”，也不知道怎么变了心，对于他们的亲生骨肉，都摆出一副冷酷的面孔。从春天到夏天，从秋天到冬天，这样一年年地过去，淫虐的雨，凄厉的风和肃杀的霜雪更番地来去，一点儿光明也没有。这样的漫漫长夜已经二十年了。这都是一种云在作祟。那云为什么这样屡次三番地摧残光明？那云是从什么地方来的？这是太平洋上的大风暴吹过来的，这是大西洋上的狂飙吹过来的。还有那些模糊的血肉——榨床底下淌着的模糊的血肉蒸发出来的。那些会画符的人——会写借据会写当票的人，就用这些符篆在呼召。那些吃田地的土蜘蛛——虽然死了也不过只要六尺土地葬他的贵体，可是活着总要吃住这么二三百亩田地——这些土蜘蛛就用屁股在吐着。那些肚里装着铁心肝铁肚肠的怪物，又竖起了一根根的烟囱在喷着。狂飙风暴吹过来的，血肉蒸发出来的，符篆呼召来的，屁股吐出来的，烟囱喷出来的，都是这种云。这是战云。

难怪总是漫漫的长夜了！

什么时候才黎明呢？

看那刚刚发现的虹。祈祷是没有用的了。只有自己去做雷公公电闪娘娘。那虹发现的地方，已经有了小小的雷电，打开了层层的乌云，让太阳重新照到紫铜色的脸。如果是惊天动地的霹雳，那才拨得满天的愁云惨雾。这可只有自己做了雷公公电闪娘娘才办得到。如果那小小的雷电变成了惊天动地的霹雳，那才拨得开这些愁云惨雾。

平凡的境界

文 / 林清玄

近代高僧弘一大师隐居在山上的时候，他的老友到山上去探望他。

有一次，老友突然发现山上已经枯死多年的树发出新嫩的绿芽，心里很感觉纳闷，便向弘一法师说："这树死了多年，现在又发芽，大概是因为您这位高僧住到山中，感动了这棵枯树，使它起死回生吧！"

弘一大师回答说："不是的，是我每天为它浇水，它才慢慢活起来的。"

老友听了，大为感动，自叹不如。

我读到这个故事时也深受感动，那枯树发芽，原来是每天浇水的缘故。当然，那位老友的观点也没有错，如果不是高僧，怎么会想到给枯树浇水呢？

这个世界真的奇怪，许多境界高的人争着平凡；许多境界低的人，只是有了一些权位，就争着伟大。

在“伟大”与“平凡”之间，价值是混乱的，唯一不能被混乱的就是生活的见解吧！一个修行境界高的人，只是为枯树浇水这样平凡的事，就显现出不凡的胸襟。

因此，喝茶中是有境界的，吃饭中是有境界的，这种境界因为平凡而落实，也因为平凡而优美。无门慧开禅师有一首偈：

春有百花秋有月，
夏有凉风冬有雪；
若无闲事挂心头，
便是人间好时节。

平凡中有境界是以“闲事挂心头”作为标准的，如果心里没有闲事，身心一片清明，在春天的百花、秋天的明月、夏日的凉风、冬季的白雪里，也都有着高妙和美好。

如果心里有着动荡、不安和恼乱，纵使权倾一时、富可敌国、名满天下，也难以契入美好的境界。

人生的境界因此可以分两方面说，一种是事相的，一种是真实的。事相会与时俱迁，权位可能失去，财富可能落空，名节可能成妄，都是难以久住的。

真实的境界则可以突破时空的障碍，在名闻利养里虽然难以得到肯定，却如一条清溪自由地流动在山谷之间，遇高山成为瀑布，到了平原成为湖泊，堂堂地流向大海。

这是为什么说“超凡入圣”虽然艰难，“超圣入凡”又更难的原因。

但一有了圣凡之见，则不免偏执，“无圣”“无凡”才是智者的归向。

有人问我：“智慧的人、聪明的人、愚蠢的人，要如何去判别呢？”

我说了一首偈：

白鹭立雪，
愚人看鹭；
聪明见雪，
智者观白。

一只白鹭站立在雪地上，愚蠢的人往往被白鹭的优美吸引，看不见雪。聪明的人则追求更广大的视界，所以他会看见雪，觉得白鹭在雪地里太渺小了。有智慧的人不是这样，他的心眼像镜子一样，只是如实地显示真相，他看见雪和白鹭都是白的，虽然一大一小、一动一静、一活泼一广大，他只是明白地观照罢了。

人生境界的追求也是如此。愚蠢的人不知道财势名位的追求是一只白鹭，是随时可能飞去的，竟以一生的时间来努力追求。

聪明的人知道白鹭起起落落，而以财势名位去营造理想，试着用各种形式来确立生存的意义，为了这些意义，他不屑于那些渺小的追求，但是如果没有平凡的白鹭来来去去，雪地也只是空白和无趣的。这是为什么有许多聪明人最后竟变成无趣的人，独立在社会之外的原因。

有智慧的人，既不迎，也不拒，在大的理想与小的事物中都有着创造的心，有感知的情意。因为不管是白鹭或白雪，都只是人生的偶然，白鹭固然会飞去，白雪又何尝没有融尽的时候呢？

所以，“看”“见”“观”乃是智慧生起的三个层次呀！

以感天动地的修行来使一棵枯树发芽，那是人人都向往的，但因为观见了枯树，每天浇水使它复活，则更有了人味，更能振奋平凡人的心。

平凡，自成境界，却很少人知道。这也是大艺术家们赞叹弘一大师的原因。以一生之力追求更高境界的艺术家，在“平凡，自成境界”的法师面前，也就不得不俯首了。

没有秋虫的地方

文 / 叶圣陶

阶前看不见一茎绿草，窗外望不见一只蝴蝶，谁说是鹁鸽箱里的生活，鹁鸽未必这样枯燥无味呢。

秋天来了，记忆就轻轻提示道："凄凄切切的秋虫又要响起来了。"可是一点影响也没有，邻舍儿啼人闹弦歌杂作的深夜，街上轮震石响邪许并起的清晨，无论你靠着枕头听，凭着窗沿听，甚至贴着墙角听，总听不到一丝秋虫的声息。并不是被那些欢乐的劳困的宏大的清亮的声音淹没了，以致听不出来，乃是这里根本没有秋虫。啊，不容留秋虫的地方！秋虫所不屑居留的地方！

若是在鄙野的乡间，这时候满耳朵是虫声了。

白天与夜间一样安闲；一切人物或动或静都有自得之趣；嫩暖的阳光和轻淡的云影覆盖在场上。到夜呢，明耀的星月和轻微的凉风看守着整夜，在这境界这时间里，唯一足以感动心情的就是秋虫的合奏。它们高低宏细疾徐作歇，仿佛经过乐师的精心训练，所以这样地无可批评，踌躇满志。其实它们每一个都是神妙的乐师，众妙毕集，各抒灵趣，哪有不成人间绝响的呢。

虽然这些虫声会引起劳人的感叹，秋士的伤怀，独客的微喟，思妇的低泣，但是这正是无上的美的境界，绝好的自然诗篇，不独是旁人最欢喜吟味的，就是当境者也感受一种酸酸的麻麻的味道，这种味道在另一方面是非常隽永的。

大概我们所蕲求的不在于某种味道，只要时时有点儿味道尝尝，就自诩为生活不空虚了。假若这味道是甜美的，我们固然含着笑来体味它；若是酸苦的，我们也要皱着眉头来辨尝它：这总比淡漠无味胜过百倍。我们以为最难堪而亟欲逃避的，唯有这个淡漠无味！

所以心如槁木，不如工愁善感，迷蒙的醒不如热烈的梦，一口苦水胜于一盏白汤，一场痛哭胜于哀乐两忘。这里并不是说愉快乐观是要不得的，清健的醒是不必求的，甜汤是罪恶的，狂笑是魔道的；这里只是说有味远胜于淡漠罢了。

所以虫声终于是足系恋念的东西。何况劳人秋士独客思妇以外还有无量数的人，他们当然也是酷嗜趣味的，当这凉意微逗的时候，谁能不忆起那美妙的秋之音乐？

可是没有，绝对没有！井底似的庭院，铅色的水门汀地，秋虫早已避去唯恐不速了。而我们没有它们的翅膀与大腿，不能飞，又不能跳，还是死守在这里。想到“井底”与“铅色”，觉得象征的意味丰富极了。

树会记住许多事

文 / 刘亮程

如果我们忘了在这地方生活了多少年，只要锯开一棵树（院墙角上或房后面那几棵都行），数数上面的圈就大致清楚了。

树会记住许多事。

其他东西也记事，却不可靠。譬如路会丢掉（埋掉）人的脚印，会分叉，把人引向歧途。人本身又会遗忘许多人和事。当人真的遗忘了那些人和事，人能去问谁呢。

问风。

风从不记得那年秋天顺风走远的那个人，也不会在意它刮到天上飘远的一块红头巾最后落到哪里。

风在哪儿停住，哪儿就会落下一堆东西。我们丢掉后找不见的东西，大都让风挪移了位置。有些多少年后被另一场相反的风刮回来，面目全非躺在墙根，像做了一场梦。有些在昏天暗地的大风中飘过村子，越走越远，再也回不到村里。

树从不胡乱走动。几十年、上百年前的那棵榆树，还在老地方站着。我们走了又回来。担心墙会倒塌、房顶被风掀翻卷走、人和牲畜四散迷失，我们把家安在大树底下，房前屋后栽许多树让它快快长大。

树是一场朝天刮的风。刮得慢极了。能看见那些枝叶挨挨挤挤向天上涌，都踏出了路，走出了各种声音。在人的一辈子里，人能看见一场风刮到头，停住。像一辆奔跑的马车甩掉轮子，车体散架，货物坠落一地，最后马扑倒在尘土里，伸脖子喘几口粗气，然后死去。谁也看不见马车夫在哪里。

风刮到头是一场风的空。

树在天地间丢了东西。

哥，你到地下去找，我向天上找。

树的根和干朝相反方向走了，它们分手的地方坐着我们一家人。父亲背靠树干，母亲坐在小板凳上，儿女们蹲在地上或木头上。刚吃过饭。还要喝一碗水。水喝完还要再坐一阵。院门半开着，能看见路上过来过去的几个人、几头牛。也不知树根在地下找到什么。我们天天往树上看，似乎看见那些忙碌的枝枝叶叶没找见什么。

找到了它或许会喊，把走远的树根喊回来。

爹，你到土里去找，我们在地上找。

我们家要是一棵树，先父下葬时，我就可以说这句话了。我们也会像一棵树一样，伸出所有的枝枝叶叶去找，伸到空中一把一把抓那些多得没人要的阳光和雨，捉那些闲得打盹的云，还有鸟叫和虫鸣，抓回来再一把一把扔掉。不是我要找的，不是的。

我们找到天空就喊你，父亲。找到一滴水一束阳光就叫你，父亲。我们要找什么。

多少年之后我才知道，我们真正要找的，再也找不回来的，是此时此刻的全部生活。它消失了，又正在被遗忘。

那根躺在墙根的干木头是否已将它昔年的繁枝茂叶全部遗忘。我走了，我会记起一生中更加细微的生活情景，我会找到早年落到地上没看见的一根针，记起早年贪玩没留意的半句话、一个眼神。当我回过头去，我对生存便有了更加细微的热爱与耐心。

如果我忘了些什么，匆忙中疏忽了曾经落在头顶的一滴雨、掠过耳畔的一缕风，院子里那棵老榆树就会提醒我。有一棵大榆树靠在背上（就像父亲那时靠着它一样），天地间还有哪些事情想不清楚呢。

我八岁那年，母亲随手挂在树枝上的一个筐，已经随树长得够不着。我十一岁那年秋天，父亲从地里捡回一捆麦子，放在地上怕鸡叼吃，就顺手夹在树杈上，这个树杈也已将那捆麦子举过房顶，举到了半空中。这期间我们似乎远离了生活，再没顾上拿下那个筐，取下那捆麦子。它一年一年缓缓升向天空的时候我们似乎从没看见。

现在那捆原本金黄的麦子已经发灰，麦穗早被鸟啄空。那个筐里或许盛着半筐干红辣皮、几个苞谷棒子，筐沿满是斑白鸟粪，估计里面早已空空的了。

我们竟然有过这样富裕漫长的年月，让一棵树举着沉甸甸的一捆麦子和半筐干红辣皮，一直举过房顶，举到半空喂鸟吃。

“我们早就富裕得把好东西往天上扔了。”许多年后的一个早春。午后，树还没长出叶子。我们一家人坐在树下喝苞谷糊糊。白面在一个月前就吃完了，苞谷面也余下不多，下午饭只能喝点糊糊。喝完了，碗还端着，要愣愣地坐好一会儿，似乎饭没吃完，还应该再吃点什么，却什么都没有了。一家人像在想着什么，又像啥都不想，脑子空空地呆坐着。

大哥仰着头，说了一句话。

我们全仰起头，这才看见夹在树杈上的一捆麦子和挂在树枝上的那个筐。

如果树也忘了那些事，它便早早地变成了一根干木头。

“回来吧，别找了，啥都没有。”树根在地下喊那些枝和叶子。它们听见了，就往回走。先是叶子，一年一年地往回赶，叶子全走光了，枝杈便枯站在那里，像一截没人走的路。枝杈也站不了多久。人不会让一棵死树长时间站在那里。它早站累了，把它放倒（可它已经躺不平，身躯弯扭得只适合立在空气中）。我们怕它滚动，一头垫半截土块，中间也用土块堰住。等过段时间，消闲了再把树根挖出来，和躯干放在一起，如果它们有话要说，日子长着呢。一根木头随便往哪儿一扔就是几十年光景。这期间我们会看见木头张开许多口子，离近了能听见木头开口的声音。木头开一次口，说一句话。等到全身开满口子，木头就基本没话可说了。我们过去踢一脚，敲两下，声音空空的。根也好，干也罢，里面都没啥东西了。即便无话可说，也得面对面待着。一个榆木疙瘩，一截歪扭树干，除非修整院子时会动一动。也许还会绕过去。谁会管它呢。在它身下是厚厚的这个秋天、很多个秋天的叶子。在它旁边是我们一家人、牲畜。或许已经是另一户人。

把苦闷放逐

文 / 小思

尽管人类已经可以跑出地球，在回顾中看清楚这个美丽球体如何飘逸地浮在太空，但在日常生活里，人类却感到这世界愈来愈沉甸甸的，空虚孤寂把我们憋得要命，甚至有人认为我们自有生命那时开始，苦闷便紧紧地搂住我们，死不肯放。于是，我们喊失落，喊苦闷。面临这股无可奈何的压力，人类便出现了几种不同的态度：一种人是患了苦闷敏感症，稍稍触到“苦”，便喊得震天响，活像全世界只有他一人在受苦，是世界亏待了他、遗忘了他，严重时，他会自苦地死去。一种人是爱跟苦闷开玩笑：“要我苦吗？我偏不苦给你看。这世界够乱，我要把它搅得更乱，世界亏待我，我也亏待别人。”于是，“苦闷”成了他们变坏、犯罪、游戏人间、不负责任的天大借口。一声“苦闷呀”，就是伤害了人，甚至伤害了自己，也“罪不在我”！另一种人是默默地忍受一切苦。稳重肩负了应尽的责任，走完那条长路。还有一种人懂得放逐苦闷，他们不但可以承担自己的苦，更可承担别人的苦。其实，苦闷是种很精灵古怪的东西，它很懂得欺负人，会突然缠着人。如果有方法甩开它，它会乖乖离开，但若只要略略看到它的影子，就喊个“几次方苦闷”才够，它便赶紧来亲热一番，缠惯了，它就永不离开。所以，我们明白知道它是存在的，也不必紧张，应付它的方法有的是！

也许，同学们会以为我在骗人，但应付它的方法实在是很多，问题只在我们肯不肯实行而已！例如：

第一，我们绝不呆呆地坐着空想，着实地去干点自己应干的事情，苦闷便不能乘虚而入。

第二，养成一种良好的兴趣，当苦闷真的缠上了，也好有个避难所。

第三，有一种很坚强的信仰，即使苦闷蛮攻进来，自己背后也有位倚得住的有力支持者。

第四，尽量去关怀别人，放眼远望世界，投身在自然界中，这样就会使生命显得充实，苦闷也就相形见绌了。

实践这些方法，可能在开始时，我们还是苦闷的手下败将，但不要灰心，慢慢便会发现已把苦闷赶到老远的地方去了！

青年朋友们，请从今日起，别再躲在幽暗角落里，支着颐忧忧郁郁地喊“我们是失落的一代”！别再打着苦闷的招牌去干尽坏事！别说世界令人失望，从而玩世不恭！世界是我们的世界，它不好，我们实在要负责。何况，还有许多事情，我们都是可以用力的。让我们努力——

放逐苦闷！干我们应干的！

勿忘草

文 / 梁遇春

我现在深知道“忆念”这两个字的意思，也许因为此刻正是穷秋时节吧。忆念是没有目的、没有希望的，只是在日常生活里很容易触物伤情，想到千里外此时有个人不知道做什么生。有时遇到极微细的、跟那人绝不相关的情境，也会忽然联想起那个穿梭般出入我的意识的她，我简直认为这念头是来得无端。忆念后又怎么样呢？没有怎么样，我还是这么一个人。那么又何必忆念呢？但是当我想不去忆念她时，我这想头就又忆念着她了。当我忘却了这个想头，我又自然地忆念起来了。

我可以闭着眼睛不看外界的东西，但是我的心眼总是清炯炯的，总是睇着她的倩影。在欢场里忆起她时，我感到我的心境真是静悄悄得像老人了。在苦痛时忆起她时，我觉得无限安详，仿佛以为我已挨尽一切了。总之，我时时的心境都经过这么一种洗礼，不管当时的情绪为何，那色调是绝对一致的，也可以说，她的影子永离不开我了。

“人间别久不成悲”，难道已浑然好像没有这么一回事吗?不，绝不！初别的时候，心里总难免万千心绪起伏着，就构成一个光怪陆离的悲哀。当一个人的悲哀变成灰色时，他整个人就溶在悲哀里面去了，惘怅的情绪既为他日常心境，他当然不会再有什么悲从中来了。

泥泞

文 / 迟子建

北方的初春是肮脏的，这肮脏当然源自我们曾经热烈赞美过的纯洁无瑕的雪。

在北方漫长的冬季里，寒冷催生了一场又一场的雪，它们自天庭伸开美丽的触角，纤柔地飘落到大地上，使整个北方沉醉于一个冰清玉洁的世界中。如果你在飞雪中行进在街头，看着枝条濡着雪绒的树，看着教堂屋顶的白雪，看着银色的无限延伸着的道路，你的内心便会洋溢着一股激情——为着那无与伦比的壮丽或者是苍凉。

然而春风来了。春风使积雪融化，它们在消融的过程中容颜苍老、憔悴，仿佛一个即将撒手人寰的老妇人。雪在这时候将它的两重性毫无保留地暴露出来：它的美丽依附于寒冷，因而它是一种静止的美、脆弱的美；当寒冷已经成为西天的落霞，和风丽日映照它们时，它的丑陋才无奈地呈现。

纯美至极的事物是没有的，因而我还是热爱雪。爱它的美丽、单纯，也爱它的脆弱和被迫消失。当然，更热爱它们消融时给这大地制造的空前的泥泞。

小巷里泥水遍布；排水沟因为融雪后污水的加入而增大流量，哗哗地响；燕子在潮湿的空气里衔着湿泥在檐下筑巢；鸡、鸭、鹅、狗将它们游荡小巷的爪印带回主人家的小院，使院子里印满无数爪形的泥印章，宛如月下松树庞大的投影；老人在走路时不小心失了手杖，那手杖被拾起时，就成了泥手杖；孩子在小巷奔跑嬉闹时，不慎将嘴里含着的糖掉到泥水中了，他便失神地望着那泥水呜呜地哭，而窥视到这一幕的孩子的母亲却快意地笑起来……这是我童年时常常经历的情景，它的背景是北方的一个小山村，时间当然是泥泞不堪的早春时光了。

我热爱这种浑然天成的泥泞。泥泞常常使我联想到俄罗斯这个伟大的民族，罗蒙诺索夫、柴可夫斯基、陀思妥耶夫斯基、托尔斯泰、蒲宁、普希金就是踏着泥泞一步步朝我们走来的。俄罗斯的艺术洋溢着一股高贵、博大、阴郁、不屈不挠的精神气息，不能不说与这种春日的泥泞有关。泥泞诞生了跋涉者，它给忍辱负重者以光明和力量，给苦难者以和平和勇气。一个伟大的民族需要泥泞的磨砺和锻炼，它会使人的脊梁永远不弯，使人在艰难的跋涉中懂得土地的可爱、博大和不可丧失，懂得祖国之于人的真正含义。当我们爱脚下的泥泞时，说明我们已经拥抱了一种精神。

如今在北方的城市所感受到的泥泞已经不像童年时那么深重了，但是在融雪的时节，我走在农贸市场的土路上，仍然能遭遇那种久违的泥泞。泥泞中的废纸、草屑、烂菜叶、鱼的内脏等杂物若隐若现着，一股腐烂的气味扑入鼻息。这感觉当然比不得在永远有绿地环绕的西子湖畔撑一把伞在烟雨蒙蒙中耽于幻想来得惬意，但它仍然能使我陷入另一种怀想，想起木轮车沉重地碾过它时所溅起的泥珠，想起北方的人民跋涉其中的艰难背影，想起我们曾有过的苦难和屈辱，我为双脚仍然能触摸到它而感到欣慰。

我们不会永远回头重温历史，我们也不会刻意制造一种泥泞，让它出现在未来的道路上。但是，当我们在被细雨洗刷过的青石板路上走倦了，当我们面对着无边的落叶茫然不知所措时，当我们的笔面对白纸不再有激情而是苍白无力时，我们是否渴望在泥泞中跋涉一回呢？为此，我们真应该感谢雪，它诞生了寂静、单纯、一览无余的美，也诞生了肮脏、使人警醒、给人力量的泥泞，因此它是举世无双的。

灰色的价值

文 / 陈染

有一句话说，年龄愈大就愈能懂得灰色的价值。这里，当然不是指衣着等外在的颜色，而更多是指人的思想方法之类的一种为人处世的基调。

用颜色来阐释生命的色调纯粹是感觉化的比拟，而不是科学的界定。

我二十多岁时喜欢黑色，那种绝对的黑色。那时正是偏执叛逆又多愁善感的年龄，一棵冷冬里荒凉的秃树也会使我感怀神伤，想到生命的消逝与死亡的气息。它是一株树，但它又不是一株树，它和我们的生命息息相关。

那个年龄，我头脑里的颜色是黑色的。黑色是一种冷，一种排斥，一种绝对；黑色甚至是否定，是拒绝，是抗议；它体现的是一种不同流、不睦群、不妥协以及愤世嫉俗的反骨和叛逆。黑是怀疑论者的眼神，是我不相信，是没有退路的脚步，是对世界的敌视，是敢于伸向死亡的手臂。说到底，黑，是青春的颜色！

走过了青春，便再也没有权利执迷于绝对的黑色了。现在，灰色成了我喜欢的一种生命颜色。灰比黑隐蔽一些，内敛一些，朦胧一些，低调一些。不像黑色那么硬，那么鲜明刺眼。灰色更有弹性，它是退一步海阔天空。但灰色绝不是灰心丧气，悲观失望，它甚至比黑色更有潜在的力量。

灰色是什么?

灰色就是你不理解一件事，但是觉得它不一定没有道理；灰色是不再年轻气盛、放纵恣肆地随便说话，甚至连眼睛和脸孔都不轻易泄露你的意图；灰色是越来越深地埋藏了个性，埋藏了表情，甚至干脆没有了脸庞，你让你的脸长在了心里；灰色是你真实的心理有时比你的外表孩子气，你趁人不备偷吃甜食的次数比想象的还要多，你暗自练习与想象中的妙龄女郎翩跹共舞，你有时简直就是个不听话的淘气鬼；灰色是尽管人生如梦不免悲观，不免晚景凄凉，但是力求活着的时候与命运和解，你依然有快乐的勇气；灰色是面临大的不公平时，那些小的不公平简直就是恩赐；灰色是在危机四伏的灾难面前泰然处之的幽默；灰色是尽管如此，依然对生活说“是”；灰色是恪守自己的同时，微笑着与对方握手言欢，甚至向你的“敌人”致敬；灰色是在险境中依然坚定，但并不急着赴汤蹈火，消灭自己，而是以守为进，迂回向前……

灰色就是不动声色，是包容大度，是一笑了之……

如果你被人误解了，能解释就解释，不能解释就不解释，日子还长，即使日子无多，也不必惊慌，死不是结局，生命消失了，理解依然继续，有些理解来得姗姗，来得遥远；你和家人为鸡毛蒜皮的小事争执起来了，最好把架吵得短一点，如果不能很快和解，那就尽快离开现场，也不要忙着找人倾诉衷肠，赶快钻进大商城，把平日没舍得买的东西买下来，花钱慰劳自己有利于心情平静，然后你就会觉得其实天下太平，觉得没有矛盾的家才是不正常的；你去邮局取稿费，排了半天队，好不容易前边就一个人了，可是他偏偏要汇款几万元，邮局人员要在验钞机下一张一张清点，还要用电脑处理他的一百多张汇单，若是十年前，你准是掉头就走了，可现在你不着急，你拿出刚刚买的一本什么书正好从头到尾翻一遍，回到家正好免了做饭赶上吃饭；你的同事在单位的一场错综复杂的人际纠纷中，脚跟迅速地站到势力的一边去了，你不必恼火，恼火是世界上最无力的东西，你要想他不站在势力的一边，他接下来那现实的路怎么走，很多时候，势力的方向就是他的方向，也许，他心里还有另外一个后脚跟；朋友意外去世了，一些搁置半截的事情无法挽回，他的眼睛不再专注地望着你，他的嘴唇亦不再对你说话，你心里不相信，但是，你要相信他正在告诉你最后一件事——怎么好好活……

这就是灰色。

没有人生来就是灰色的，是时间和经验把人磨炼成灰色。

人不到一定的（心理）年龄，不会体味灰色的价值。

淡化抑或消散

文 / 禅香雪

坐在湖边，水面过于平静，静得连呼吸都清晰可辨。鸟与叶子的呼吸不同，草与露珠的呼吸迥异。我的呼吸落进水中，竟也无动于衷。随手捡起一块石子，抛向水面。于是，静态的水面漾动起来，波纹沿石子的落点渐渐扩散，一波一波，像看热闹的人群，逐层散去。水圈越退越大，越退越淡，淡到虚无，直至恢复原初的平静。

天色暗下来，我踏上返回的小径。我知道，你的确来过，但你不会再来。最后一次，你紧紧握握我冰凉的手，说再见说得语重心长。我如此粗心大意，竟没听出你的声调与往日有何不同。彼时，路灯光一片朦胧。我看不清你说话的表情，却能听到你的笑声。笑声灌注着几丝月牙儿的暖，游进我心里时，我的心也变得暖暖的，如同数九寒天忽然看到一方暖阳。后来，你消失了，我多次徘徊在你送我回家的小径，即便五月，即便阳光把小径的每一粒尘土温热，即便每一束花草都能沐浴到阳光的恩泽，而我的周身依然一片冰凉。这种凉，穿透力如此之强，洞穿了我的心肺，彻头彻骨地凉了我的整个世界。

雨季到来时，我心生一种冲动。你一定会拿着一把蓝花雨伞，站在我日日必经的小径，为我撑起一方小小的晴空。瓢泼大雨遮住了视线，我发疯似的冲进雨中，冲向那条小径。我从南走到北，再从北走到南，没有看到一个人影，没有发现一把雨伞。雨点打落一地残红，种子还没孕育成熟，花瓣一片一片零落，融入泥土。看不到落花的泪水，摇摇欲坠的生涩的种子，雨幕中泪水长流。

大病一场后，忽然笑了。记得有谁说过，花开花落终有时，缘来缘去缘如水。何必强求？于是，我从你编结的罗网中跳出来，保持一定距离审视你。你变成一团扑朔迷离的烟雾，退隐到林木的末梢，袅袅飘散。你的声音变成一缕荷香，只在风起时散发出幽幽淡淡的香。我也在这幽淡中消解了自己的牵念，平静地看花落成泥，看夕阳落山，看生命的生死轮回……

没有过不去的坎。一个人走着，总喜欢自言自语说这样的话。因为这时，我已经跨过人生的无数道沟坎。那个总欺负我的男孩子，小学时给我播下仇恨的种子。这一粒种子顶着年轮长得枝繁叶茂。我想，总有一天，我要站到他的门前，摇落一树仇恨的果子，让他吞下去，心口绞索般疼痛。二十年后，我再见到他，他病魔缠身，苟延残喘。没有任何铺垫，我便送他一件护胸的背心，叮嘱他好好养病。临走时，悄悄给他枕头下塞了三百元钱。

黄昏时，我和父亲坐在绿树成荫的庭院中说话。聊到儿时备受的屈辱，父亲说，常怀一颗善心，终将获得善报。父亲不是教徒，却也能大发慈悲。我的怨仇滴落在父亲宽阔的胸怀，如同咸涩的雨水滴落在偌大的淡水湖。我想起一种游戏。学写毛笔字的童年，写得憋闷时，喜欢提起毛笔，饱蘸一笔浓墨，提得高高的，让笔尖的墨汁自动滑落。白森森的大字本上，一个黑色的墨点迅速向四周蔓延。待到墨汁凝滞，看看父亲不在，拿起大字本到阳光下透视。墨汁洇湿成一个不规则的圆圈，极有层次感，像极美术课本上的黑白画。距离中心点越远，墨汁的颜色越淡，淡到和白纸的白浑然一体。这样的过渡自然无痕，我很喜欢。再翻开后面的纸张，也清晰地洇透黑色的墨圈，愈往后翻，墨圈的颜色越淡。墨汁的威力终究是有限的，我想。心中积久的怨恨不也是这样吗？时间的悠远和空间的遥远终究会淡化一切的恩怨情仇。

弟弟猝亡的那天夜晚，我痛不欲生。随后的日子，我被悲痛堵塞胸口，仿佛每个明天都会是我的末日，来年便是我的祭日。没想到，我竟也活过这么多年。那份伤痛被肩头的责任淡化，结痂，只要不撕裂，就不会再伤心欲绝。

读高中时，父亲骑着一辆破旧的自行车送我去学校，连人带车带铺盖一同栽进水渠中。路过的大婶把我拽上来，带到她家中，给我换上她的衣服，给我拆洗被褥。我在她家住了三天，然后去学校。走时，她给了我五元钱。我那时想，如果需要，我会不惜我的生命报答她。心中浮现出白云般的情结，走起路来，我也像白云一样飘。后来，遇到更多像大婶那样的人，他们给予我或阳光或雨露般的恩德，我已经没办法回报。年代久远了，一份份恩情像他们留下的碑石，矗立在我们必经的人生路口。那些温暖的细节，清晰而又遥远，恒久而又淡然。我知道，我不能负重前行，我得轻装上阵。他们对我做的，我照着做下去就行。该淡忘的就让其随风散去，只需携带一颗善心行走就好了。

如今，我身边太多的人离开，像一片片树叶的飘落，无声无息。他们飘落哪里，我不知道。他们在哪里入土为安，我不知道。他们在哪里轮回转世，我更不知道。我只需记住一串名字，精心制作一挂紫色的风铃，悬挂在记忆的窗口。如果风起，铃铛丁零作响，我就知道，他们来过我的世界，给过我丝丝入心的温暖。

又下雨了。你听，窗外的雨声多么大。走出去，走到小径上，奇怪，竟然没有流泪，竟然没有心潮涌动。一份思念竟也变得淡然悄然。就像这五月的雨，来得悄然，走得淡然。你伴我走路的声息有淡淡的暖，你转身离去的背影有淡淡的凉。这份淡，是石子激起的涟漪淡退的平静，是墨汁滴落白纸淡化的无痕。

合欢树

我摇着车在街上慢慢走，

不急着回家。

人有时候只想独自静静地待一会儿。

悲伤也成享受。

丑石

文 / 贾平凹

我常常遗憾我家门前的那块丑石呢：它黑黝黝地卧在那里，牛似的模样；谁也不知道它是什么时候留在这里的，谁也不去理会它。只是麦收时节，门前摊了麦子，奶奶总是要说：这块丑石多碍地面哟，多时把它搬走吧。

于是，伯父家盖房，想以它垒山墙，但苦于它极不规则，没棱角儿，也没平面儿；用錾破开吧，又懒得花那么大气力，因为河滩并不甚远，随便去捎一块回来，哪一块也比它强。房盖起来，压铺台阶，伯父也没有看上它。有一年，来了一个石匠，为我家洗一台石磨，奶奶又说：用这块丑石吧，省得从远处搬动。石匠看了看，摇着头，嫌它石质太细，也不采用。

它不像汉白玉那样细腻，可以凿下刻字雕花，也不像大青石那样光滑，可以供来浣纱捶布；它静静地卧在那里，院边的槐荫没有庇覆它，花儿也不再在它身边生长。荒草便繁衍出来，枝蔓上下，慢慢地，竟锈上了绿苔、黑斑。我们这些做孩子的，也讨厌起它来，曾合伙要搬走它，但力气又不足；虽时时咒骂它，嫌弃它，也无可奈何，只好任它留在那里去了。

稍稍能安慰我们的，是在那石上有一个不大不小的坑凹儿，雨天就盛满了水。常常雨过三天了，地上已经干燥，那石凹里水儿还有，鸡儿便去那里喝饮。每每到了十五的夜晚，我们盼着满月出来，就爬到其上，翘望天边；奶奶总是要骂的，害怕我们摔下来。果然那一次就摔了下来，磕破了我的膝盖呢。

人都骂它是丑石，它真是丑得不能再丑的丑石了。

终有一日，村子里来了一个天文学家。他在我家门前路过，突然发现了这块石头，眼光立即就拉直了。他再没有走去，就住了下来。以后又来了好些人，说这是一块陨石，从天上落下来已有二三百年了，是一件了不起的东西。不久便来了车，小心翼翼地将它运走了。

这使我们都很惊奇！这又怪又丑的石头，原来是天上的呢！它补过天，在天上发过热，闪过光，我们的先祖或许仰望过它，它给了他们光明、向往、憧憬；而它落下来了，在污土里，荒草里，一躺就是几百年了？

奶奶说："真看不出！它那么不一般，却怎么连墙也垒不成，台阶也垒不成呢？"

"它是太丑了。"天文学家说。

"真的，是太丑了。"

"可这正是它的美，"天文学家说，"它是以丑为美的。"

"以丑为美？"

"是的，丑到极处，便是美到极处。正因为它不是一般的顽石，当然不能去做墙，做台阶，不能去雕刻，捶布。它不是做这些玩意儿的，所以常常就遭到一般世俗的讥讽。"

奶奶脸红了，我也脸红了。

我感到自己的可耻，也感到了丑石的伟大；我甚至怨恨它这么多年竟会默默地忍受着这一切，而我又立即深深地感到它那种不屈于误解、寂寞的生存的伟大。

骆驼

文 / 梁实秋

台北没有什么好去处。我从前常喜欢到动物园走动走动，其中两个地方对我有诱惑。一个是一家茶馆，有高屋建瓴之势，凭窗远眺，一片油绿的田畴，小川蜿蜒其间，颇可使人目旷神怡。另一值得看的便是那一双骆驼了。

有人喜欢看猴子，看那些乖巧伶俐的动物，略具人形，而生活究竟简陋，于是令人不由得生出优越之感，掬一把花生米掷进去。有人喜欢看狮子跳火圈，狗作算学，老虎翻跟头，觉得有趣。我之看骆驼，则是另外一种心情，骆驼扮演的是悲剧的角色。它的槛外是冷清清的，没有游人围绕，所谓槛，也只是一根杉木横着拦在门口。地上是烂糟糟的泥。

它卧在那里，老远一看，真像是大块的毛姜。逼近一看，可真吓人！一块块的毛都在脱落，斑驳的皮肤上隐隐地露着血迹。嘴张着，下巴垂着，有上气无下气地在喘。水汪汪的两只大眼睛好像是眼泪扑簌地盼望着能见亲族一面似的。腰间的肋骨历历可数，颈子又细又长，尾巴像一条破扫帚。驼峰只剩下了干皮，像是一只麻袋搭在背上。骆驼为什么落到了这种悲惨地步呢？难道“沙漠之舟”的雄姿即不过如是吗？

我心目中的骆驼不是这样的。儿时在家乡，一听见大铜铃叮叮当当响，就知道是送煤的骆驼队来了，愧无管宁的修养，往往夺门出视。一根细绳穿系着好几只骆驼，有时是十只九只的，一顺地立在路边。满脸煤污的煤商一声吆喝，骆驼便乖乖地跪下来让人卸货，嘴角往往流着白沫，口里不住地嚼——反刍。有时还跟着一只小骆驼，几乎用跑步在后面追随着。面对着这样庞大而温驯的驮兽，我们不能不惊异地欣赏。

是亚热带的气候不适于骆驼居住。（非洲北部的国家有骆驼兵团，在沙漠中驰骋，以骁勇善战而著名，不过那骆驼是单峰骆驼，不是我所说的双峰骆驼。）动物园的那两只骆驼不久就不见了，标本室也没有空间容纳它们。我从此也不大去动物园了。我常想：公文书里罢黜一个人的时候常用“人地不宜”四字，总算是一个比较体面的下台借口。这骆驼之黯然消逝，也许就是类似“人地不宜”之故吧？生长在北方大地之上的巨兽，如何能局促在这样的小小圈子里，如何能耐得住这炎方的郁蒸？它们当然要憔悴，要悒悒，要委顿以死。我想它们看着身上的毛一块块地脱落，真的要变成“有板无毛”的状态，蕉风椰雨，晨夕对泣，心里多么凄凉！

真不知是什么人恶作剧，把它们运到此间，使得它们尝受这一段酸辛，使得我们也兴起“人何以堪”的感叹！

其实，骆驼不仅是在这炎蒸之地难以生存，就是在北方大陆，其命运也是在日趋衰微。在运输事业机械化的时代，谁还肯牵着一串串的骆驼招摇过市？沙漠地带该是骆驼的用武之地了，但听说现在沙漠里也有了现代的交通工具。骆驼是驯兽，自己不复能在野外繁殖谋生。

等到为人类服务的机会完全消失的时候，我不知道它将如何繁衍下去。最悲惨的是，大家都讥笑它是兽类中最蠢的当中的一个，因为它只会消极地忍耐。给它背上驮五百磅的重载，它会跪下来承受。它肯食用大多数哺乳动物所拒绝食用的荆棘苦草，它肯饮用带盐味的脏水，它奔走三天三夜可以不喝水，这并不是因为它的肚子里储藏着水，而是因为它体内的脂肪氧化可制造出水。它的驼峰据说是美味，我虽未尝过，可是想想熊掌的味道，大概也不过尔尔。

像这样的动物，若是从地面上消逝，可能不至于引起多少人的惋惜。尤其是在如今这个世界，大家所最欢喜豢养的乃是善伺人意的哈巴狗，像骆驼这样“任重而道远”的家伙，恐怕只好由它一声不响地从这世界舞台上退下去吧！

梧桐树

文 / 丰子恺

寓楼的窗前有好几株梧桐树。这些都是邻家院子里的东西，但在形式上是我所有的。因为它们和我隔着适当的距离，好像是专门种给我看的。它们的主人，对于它们的局部状态也许比我看得清楚，但是对于它们的全体容貌恐怕始终没看清楚呢。因为这必须隔着相当的距离方才看见。唐人诗云“山远始为容”，我以为树亦如此。自初夏至今，这几株梧桐在我面前浓妆淡抹，显出了种种的容貌。

当春尽夏初，我眼看见新桐初乳的光景。那些嫩黄的小叶子一簇簇地顶在秃枝头上，好像一堂树灯，又好像小学生的剪贴图案，布置均匀而带幼稚气。

植物的生叶，也有种种技巧。有的新陈代谢，瞒过了人的眼睛而在暗中偷换青黄。有的微乎其微，渐乎其渐，使人不觉察其由秃枝变成绿叶。只有梧桐树的生叶，技巧最为拙劣，但态度最为坦白。它们的枝头疏而粗，它们的叶子平而大。叶子一生，全树显然变容。

在夏天，我又眼看见绿叶成荫的光景。那些团扇大的叶片长得密密层层。望去不留一线空隙，好像一个大绿幛，又好像图案画中的一座青山，在我所常见的庭院植物中，叶子之大，除了芭蕉以外，恐怕无过于梧桐了。芭蕉叶形状虽大，但数目不多，那丁香结要过好几天才展开一张叶子来，全树的叶子寥寥可数。梧桐叶虽不及它大，可是数目繁多。那猪耳朵一般的东西，重重叠叠地挂着，一直从低枝上挂到树顶。窗前摆了几枝梧桐，我觉得绿意实在太多了。古人说“芭蕉分绿上窗纱”，眼光未免太低，只是阶前窗下的所见而已。若登楼眺望，芭蕉便落在眼底，应见“梧桐分绿上窗纱”了。

一个月以来，我又眼看见梧桐叶落的光景。样子真凄惨呢！最初，绿色黑暗起来，变成墨绿；后来又由墨绿转成焦黄；北风一起，它们大惊小怪地闹将起来，大大的黄叶子便开始辞枝——起初突然地落脱一两张来，后来成群地飞下一大批来，好像谁从高楼上丢下来的东西，枝头渐渐地虚空了，露出树后面的房屋来，终于只剩下几根枝头，回复了春初的面目。这几天，它们空手站在我的窗前，好像曾经娶妻生子，而现在家破人亡的光棍，样子怪可怜的！我想起了古人的诗：“高高山头树，风吹叶落去。一去数千里，何当还故处？”现在倘要搜集它们的一切落叶来，使它们一齐变绿，重还故枝，回复夏日的光景，即使仗了世间一切支配者的势力，尽了世间一切机械的效能，也是不可能的事了！回黄转绿世间多，但象征悲哀的莫如落叶，尤其是梧桐的落叶。

落花也曾令人悲哀。但花的寿命短促，犹如婴儿初生即死，我们虽也怜惜它，但因对它关系未久，回忆不多，因之悲哀也不深。叶的寿命比花长得多，尤其是梧桐叶，自初生至落尽，占有大半年之久，况且这般繁茂，这般盛大！眼前高厚浓重的几堆大绿，一朝化为乌有！“无常”的象征，莫大于此了！

但它们的主人，恐怕没有感到这种悲哀。因为他们虽然种植了它们，所有了它们，但都没有看见上述的种种光景。他们只是坐在窗下瞧瞧它们的根干，站在阶前仰望它们的枝叶，为它们扫扫落叶而已，何从看它们的容貌呢？何从感到它们的象征呢？可知自然是不能被占有的。可知艺术也是不能被占有的。

隐身衣

文 / 杨绛

我们夫妇有时候说废话玩儿。

“给你一件仙家法宝，你要什么？”

我们都要隐身衣，各披一件，同出遨游。我们只求摆脱羁束，到处阅历，并不想为非作歹。可是玩得高兴，不免放肆淘气，于是惊动了人，隐身不住，得赶紧逃跑。

“啊呀！还得有缩地法！”

“还要护身法！”

想得越周到，要求也越多，干脆连隐身衣也不要了。

其实，如果不想干人世间所不容许的事，无需仙家法宝，凡间也有隐身衣；只是世人非但不以为宝，还唯恐穿在身上，像湿布衫一样脱不下。因为这种隐身衣的料子是卑微。身处卑微，人家就视而不见，见而无睹。

我记得我国笔记小说里讲一人梦魂回家，见到了思念的家人，家里人却看不见他。他开口说话，也没人听见。家人团坐吃饭，他欣然也想入座，却没有他的位子。

身居卑微的人也仿佛这个未具人身的幽灵，会有同样的感受。人家眼里没有你，当然视而不见；心上不理会你，就会瞠目无睹。你的“自我”觉得受了轻视或怠慢或侮辱，人家却未知有你；你虽然生存在人世间，却好像还未具人形，还未曾出生。这样活一辈子，不是虽生犹如未生吗？谁假如说，披了这种隐身衣如何受用，如何逍遥自在，听的人只会觉得这是发扬阿 Q 精神，或阐述“酸葡萄论”吧？

且看咱们的常言俗语，要做个“人上人”呀，“出类拔萃”呀，“出人头地”呀，“脱颖而出”呀，“出风头”或“拔尖”“冒尖”呀，等等，可以想见一般人都不甘心受轻忽。他们或悒悒而怨，或愤愤而怒，只求有朝一日挣脱身上这件隐身衣，显身而露面。

英美人把社会比作蛇阱（snake pit）。阱里压压挤挤的蛇，一条条都拼命钻出脑袋，探出身子，把别的蛇排挤开，压下去；一个个冒出又没入的蛇头，一条条拱起又压下的蛇身，扭结成团、难分难解的蛇尾，你上我下，你死我活，不断地挣扎斗争。

钻不出头，一辈子埋没在下；钻出头，就好比大海里坐在浪尖儿上的跳珠飞沫，迎日月之光而生辉，可说是大丈夫得志了。人生短促，浪尖儿上的一刹那也可作一生成就的标志，足以自豪。你是“窝囊废”吗？你就甘心郁郁久居人下？

但天生万物，有美有不美，有才有不才。万具枯骨，才造得一员名将；小兵小卒，岂能都成为有名的英雄。世上有坐轿的，有抬轿的；有坐席的主人和宾客，有端茶上菜的侍仆。席面上，有人坐首位，有人陪末座。厨房里，有掌勺的上灶，有烧火的灶下婢。天之生材也不齐，怎能一律均等。

人的志趣也各不相同。《儒林外史》二十六回里的王太太，津津乐道她在孙乡绅家“吃一、看二、眼观三”的席上，坐在首位，一边一个丫头为她掠开满脸黄豆大的珍珠拖挂，让她露出嘴来吃蜜饯茶。而《堂吉诃德》十一章里的桑丘，却不爱坐酒席，宁愿在自己的角落里，不装斯文，不讲礼数，吃些面包葱头。有人企求飞上高枝，有人宁愿“曳尾涂中”。人各有志，不能相强。

有人是别有怀抱，旁人强不过他。譬如他宁愿“曳尾涂中”，也只好由他。有人是有志不伸，自己强不过命运。譬如庸庸碌碌之辈，偏要做“人上人”，这可怎么办呢？常言道：“烦恼皆因强出头。”猴子爬得愈高，尾部又秃又红的丑相就愈加显露；自己不知道身上只穿着“皇帝的新衣”，却忙不迭地挣脱“隐身衣”，出乖露丑。好些略具才能的人，一辈子挣扎着求在人上，虚耗了毕生精力，却一事无成，真是何苦来呢。

我国古人说：“彼人也，予亦人也。”西方人也有类似的话，这不过是勉人努力向上，勿自暴自弃。西班牙谚云：“干什么事，成什么人。”人的尊卑不靠地位，不由出身，只看你自己的成就。我们不妨再加上一句：“是什么料，充什么用。”假如是一个萝卜，就力求做个水多肉脆的好萝卜；假如是棵白菜，就力求做一棵瓷瓷实实的包心好白菜。萝卜白菜是家常食用的菜蔬，不求做庙堂上供设的珍果。

我乡童谣有“三月三，荠菜开花赛牡丹”的话，荠菜花怎赛得牡丹花呢！我曾见草丛里一种细小的青花，常猜测那是否是西方称为“勿忘我”的草花，因为它太渺小，人家不容易看见。不过我想，野草野菜开一朵小花报答阳光雨露之恩，并不求人“勿忘我”，所谓“草木有本心，何求美人折”。

我爱读东坡“万人如海一身藏”之句，也企慕庄子所谓“陆沉”。社会可以比作“蛇阱”，但“蛇阱”之上，天空还有飞鸟；“蛇阱”之旁，池沼里也有游鱼。古往今来，自有人避开“蛇阱”而“藏身”或“陆沉”。消失于众人之中，如水珠包孕于海水之内，如细小的野花隐藏在草丛里，不求“勿忘我”，不求“赛牡丹”，安闲舒适，得其所哉。一个人不想攀高，就不怕下跌，也不用倾轧排挤，可以保其天真，成其自然，潜心一志完成自己能做的事。

而且在隐身衣的掩盖下，还会别有所得，不怕旁人争夺。

苏东坡说“山间之明月，水上之清风”是“造物者之无尽藏”，可以随意享用。但造物所藏之外，还有世人所创的东西呢。世态人情比明月清风更饶有滋味；可作书读，可当戏看。书上的描摹，戏里的扮演，即使栩栩如生，究竟只是文艺作品；人情世态，都是天真自然地流露，往往超出情理之外，新奇得令人震惊，令人骇怪，给人以更深刻的效益，更奇妙的娱乐。唯有身处卑微的人，最有机缘看到世态人情的真相，而不是面对观众的艺术表演。

不过这一派胡言纯是废话罢了，急要挣脱隐身衣的人，听了未必入耳；那些不知世间也有隐身衣的人，知道了也还是不会开眼的。平心而论，隐身衣不管是仙家的或凡间的，穿上都有不便——还不止小小的不便。

英国威尔斯（H. G. Wells）的科学幻想小说《隐形人》（*Invisible Man*）里，写一个人使用科学方法得以隐形。可是隐形之后，大吃苦头，例如天冷了不能穿衣服，穿了衣服只好躲在家里，出门只好光着身子，因为穿戴着衣服鞋帽手套而没有脸的人跑上街去，不是兴妖作怪吗？他得把必须外露的面部封闭得严严密密：上部用帽檐遮盖，下部用围巾包裹，中部架上黑眼镜，鼻子和两颊包上纱布，贴满橡皮膏。要掩饰自己的无形，还需这样煞费苦心！

当然，这是死心眼儿的科学制造，比不上仙家的隐身衣。仙家的隐身衣随时可脱，而且能把凡人的衣服一并隐掉。不过，隐身衣下的血肉之躯终究是凡胎俗骨，耐不得严寒酷热，也经不起任何损伤。别说刀枪的袭击，或水烫火灼，就连砖头木块的磕碰，或笨重地踩上一脚，都受不了。如果没有及时逃避的法术，就需炼成金刚不坏之躯，才保得大事。

穿了凡间的隐身衣有同样不便。肉体包裹的心灵，也是经不起炎凉，受不得磕碰的。要炼成刀枪不入、水火不伤的功夫，谈何容易！如果没有这份功夫，偏偏有缘看到世态人情的真相，就难保不气破了肺，刺伤了心，哪还有闲情逸致把它当好戏看呢，况且，不是演来娱乐观众的戏，不看也罢。

假如法国小说家勒萨日笔下的瘸腿魔鬼请我夜游，揭起一个个屋顶让我观看屋里的情景，我一定辞谢不去。获得人间智慧必须身经目击吗？身经目击必定能获得智慧吗？

人生几何！凭一己的经历，沾沾自以为独具冷眼，阅尽人间，安知不招人暗笑。因为凡间的隐身衣不比仙家法宝，到处都有，披着这种隐身衣的人多得很呢，他们都是瞎了眼的吗？

但无论如何，隐身衣总比国王的新衣好。

墓碣文

文 / 鲁迅

我梦见自己正和墓碣对立，读着上面的刻辞。那墓碣似是沙石所制，剥落很多，又有苔藓丛生，仅存有限的文句——

……于浩歌狂热之际中寒；于天上看见深渊。于一切眼中看见无所有；于无所希望中得救。……

……有一游魂，化为长蛇，口有毒牙。不以啮人，自啮其身，终以殒颠。……

……离开！……

我绕到碣后，才见孤坟，上无草木，且已颓坏。即从大阙口中，窥见死尸，胸腹俱破，中无心肝。而脸上却绝不显哀乐之状，但蒙蒙如烟然。

我在疑惧中不及回身，然而已看见墓碣阴面的残存的文句——

……抉心自食，欲知本味。创痛酷烈，本味何能知？……

……痛定之后，徐徐食之。然其心已陈旧，本味又何由知？……

……答我。否则，离开！……

我就要离开。而死尸已在坟中坐起，口唇不动，然而说——

“待我成尘时，你将见我的微笑！”

我疾走，不敢反顾，生怕看见他的追随。

小黑狗

文 / 萧红

像从前一样，大狗是睡在门前的木台上。望着这两只狗我沉默着。我自己知道又是想起我的小黑狗来了。

前两个月的一天早晨，我去倒脏水。在房后的角落处，房东的使女小钰蹲在那里。她的黄头发毛着，我记得清清的，她的衣扣还开着。我看见的是她的背面，所以我不能预测这是发生了什么！

我斟酌着我的声音，还不等我向她问，她的手已在颤抖，唔！她颤抖的小手上有个小狗在闭着眼睛，我问：“哪里来的？”

“你来看吧！”

她说着，我只看她毛蓬的头发摇了一下，手上又是一个小狗在闭着眼睛。

不仅一个两个，不能辨清是几个，简直是一小堆。我也和孩子一样，和小钰一样欢喜着跑进屋去，在床边拉他的手：

“平森……啊……喔喔……”

我的鞋底在地板上响，但我没说出一个字来，我的嘴废物似的啊喔着。他的眼睛瞪住，和我一样，我是为了欢喜，他是为了惊愕。最后我告诉了他，是房东的大狗生了小狗。

过了四天，别的一只母狗也生了小狗。

以后小狗都睁开眼睛了。我们天天玩着它们，又给小狗搬了个家，把它们都装进木箱里。

争吵就是这天发生的：小钰看见老狗把小狗吃掉一只，怕是那只老狗把它的小狗完全吃掉，所以不同意小狗和那个老狗同居，大家就抢夺着把余下的三个小狗也给装进木箱去，算是那只白花狗生的。

那个毛褪得稀疏、骨骼突露、瘦得龙样似的老狗，追上来。白花狗仗着年轻不惧敌，哼吐着开仗的声音。平时这两条狗从不咬架，就连咬人也不会。现在凶恶极了。就像两条小熊在咬架一样。房东的男儿、女儿、听差、使女，又加我们两个，此时都没有用了。不能使两个狗分开。两个狗满院疯狂地拖跑。人也疯狂着。在人们吵闹的声音里，老狗的乳头脱掉一个，含在白花狗的嘴里。

人们算是把狗打开了。老狗再追去时，白花狗已经把乳头吐到地上，跳进木箱看护它的一群小狗去了。

脱掉乳头的老狗，血流着，痛得满院转走。木箱里它的三个小狗却拥挤着不是自己的妈妈，在安然地吃奶。

有一天，把个小狗抱进屋来放在桌上，它害怕，不能迈步，全身有些颤，我笑着像是得意，说："平森，看小狗啊！"

他却相反，说道："哼！现在觉得小狗好玩，长大要饿死的时候，就无人管了。"

这话间接地可以了解。我笑着的脸被这话毁坏了，用我寞寞的手，把小狗送了出去。我心里有些不愿意，不愿意小狗将来饿死。可是我却没有说什么，面向后窗，我看后窗外的空地；这块空地没有阳光照过，四面立着的是有产阶级的高楼，几乎是和阳光绝了缘。不知什么时候，小狗是腐了，乱了，挤在木板下，左近有苍蝇飞着。我的心情完全神经质下去，好像躺在木板下的小狗就是我自己，像听着苍蝇在自己已死的尸体上寻食一样。

平森走过来，我怕又要证实他方才的话。我假装无事，可是他已经看见那个小狗了。我怕他又要象征着说什么，可是他已经说了：

"一个小狗死在这没有阳光的地方，你觉得可怜吗？年老的叫花子不能寻食，死在阴沟里，或是黑暗的街道上；女人，孩子，就是年轻人失了业的时候也是一样。"

我愿意哭出来，但我不能因为人都说女人一哭就算了事，我不愿意了事。可是慢慢地我终于哭了！他说："悄悄，你要哭吗？这是平常的事，冻死，饿死，黑暗死，每天都有这样的事情，把持住自己。渡我们的桥梁吧，小孩子！"

我怕着羞，把眼泪拭干了，但，终日我是心情寞寞。

过了些日子，十二个小狗之中又少了两个。但是剩下的这些更可爱了。会摇尾巴，会学着大狗叫，跑起来在院子就是一小群。有时门口来了生人，它们也跟着大狗跑去，并不咬，只是摇着尾巴，就像和生人要好似的，这或是小狗还不晓得它们的责任，还不晓得保护主人的财产。

天井中纳凉的软椅上，房东太太吸着烟。她开始说家常话了。结果又说到了小狗：

"这一大群什么用也没有，一个好看的也没有，过几天把它们远远地送到马路上去。秋天又要有一群，厌死人了！"

坐在软椅旁边的是个六十多岁的老更倌。眼花着，有主意的嘴结结巴巴地说：

"明明……天，用麻……袋背送到大江去……"

小钰是个小孩子，她说：

"不用送大江，慢慢都会送出去。"

小狗满院跑跳。我最愿意看的是它们睡觉，多是一个压着一个脖子睡，小圆肚一个个的相挤着。是凡来了熟人的时候都是往外介绍，生得好看一点的抱走了几个。

其中有一个耳朵最大，肚子最圆的小黑狗，算是我的了。我们的朋友用小提篮带回去两个，剩下的只有一个小黑狗和一个小黄狗。老狗对它两个非常珍惜起来，争着给小狗去舐绒毛。这时候，小狗在院子里已经不成群了。

我从街上回来，打开窗子。我读一本小说。那个小黄狗挠着窗纱，和我玩笑似的竖起身子来挠了又挠。

我想：

“怎么几天没有见到小黑狗呢？”

我喊来了小钰。别的同院住的人都出来了，找遍全院，不见我的小黑狗。马路上也没有可爱的小黑狗，再也看不见它的大耳朵了！它忽然是失了踪！

又过三天，小黄狗也被人拿走。

没有妈妈的小钰向我说：

“大狗一听隔院的小狗叫，它就想起它的孩子。可是满院急寻，上楼顶去张望。最终一个都不见，它哽哽地叫呢！”

十三个小狗一个不见了！和两个月以前一样，大狗是孤独地睡在木台上。

平森的小脚，鸽子形的小脚，栖在床单上，他是睡了。我在写，我在想，玻璃窗上的三个苍蝇在飞……

一九三三年八月一日

合欢树

文 / 史铁生

十岁那年，我在一次作文比赛中得了第一。母亲那时候还年轻，急着跟我说她自己，说她小时候的作文作得还要好，老师甚至不相信那么好的文章会是她写的。“老师找到家来问，是不是家里的大人帮了忙。我那时可能还不到十岁呢。”我听得扫兴，故意笑：“可能？什么叫可能还不到？”她就解释。我装作根本不再注意她的话，对着墙打乒乓球，把她气得够呛。不过我承认她聪明，承认她是世界上长得最好看的女的。她正给自己做一条蓝底白花的裙子。

二十岁，我的两条腿残废了。除去给人家画彩蛋，我想我还应该再干点别的事，先后改变了几次主意，最后想学写作。母亲那时已不年轻，为了我的腿，她头上开始有了白发。医院已经明确表示，我的病目前没办法治。母亲的全副心思却还放在给我治病上，到处找大夫，打听偏方，花很多钱。她倒总能找来些稀奇古怪的药，让我吃，让我喝，或者是洗、敷、熏、灸。“别浪费时间啦！根本没用！”我说。我一心只想着写小说，仿佛那东西能把残疾人救出困境。“再试一回，不试你怎么知道会没用？”她说，每一回都虔诚地抱着希望。然而对我的腿，有多少回希望就有多少回失望。最后一回，我的胯上被熏成烫伤。医院的大夫说，这实在太悬了，对于瘫痪病人，这差不多是要命的事。我倒没太害怕，心想死了也好，死了倒痛快。母亲惊惶了几个月，昼夜守着我，一换药就说：“怎么会烫了呢？我还直留神呀！”幸亏伤口好起来，不然她非疯了不可。

后来她发现我在写小说。她跟我说：“那就好好写吧。”我听出来，她对治好我的腿也终于绝望。“我年轻的时候也喜欢文学。”她说。“跟你现在差不多大的时候，我也想过搞写作。”她说。“你小时候的作文不是得过第一？”她提醒我说。我们俩都尽力把我的腿忘掉。她到处去给我借书，顶着雨或冒了雪推我去看电影，像过去给我找大夫、打听偏方那样，抱了希望。

三十岁时，我的第一篇小说发表了，母亲却已不在人世。过了几年，我的另一篇小说又侥幸获奖，母亲已经离开我整整七年。

获奖之后，登门采访的记者就多，大家都好心好意，认为我不容易。但是我只准备了一套话，说来说去就觉得心烦。我摇着车躲出去，坐在小公园安静的树林里，想：上帝为什么早早地召母亲回去呢？迷迷糊糊的，我听见回答：“她心里太苦了。上帝看她受不住了，就召她回去。”我的心得到一点安慰，睁开眼睛，看见风在树林里吹过。

我摇车离开那儿，在街上瞎逛，不想回家。

母亲去世后，我们搬了家。我很少再到母亲住过的那个小院儿去。小院儿在一个大院儿的尽里头，我偶尔摇车到大院儿去坐坐，但不愿意去那个小院儿，推说手摇车进去不方便。院子里的老太太们还都把我当儿孙看，尤其想到我又没了母亲，但都不说，光扯些闲话，怪我不常去。我坐在院子当中，喝东家的茶，吃西家的瓜。有一年，人们终于又提到母亲：“到小院儿去看看吧，你妈种的那棵合欢树今年开花了！”我心里一阵抖，还是推说手摇车进出太不易。大伙就不再说，忙扯些别的，说起我们原来住的房子里现在住了小两口，女的刚生了个儿子，孩子不哭不闹，光是瞪着眼睛看窗户上的树影儿。

我没料到那棵树还活着。那年，母亲到劳动局去给我找工作，回来时在路边挖了一棵刚出土的“含羞草”，以为是含羞草，种在花盆里长，竟是一棵合欢树。母亲从来喜欢那些东西，但当时心思全在别处。第二年合欢树没有发芽，母亲叹息了一回，还不舍得扔掉，依然让它长在瓦盆里。第三年，合欢树却又长出叶子，而且茂盛了。母亲高兴了很多天，以为那是个好兆头，常去侍弄它，不敢再大意。又过一年，她把合欢树移出盆，栽在窗前的地上，有时念叨，不知道这种树几年才开花。再过一年，我们搬了家。悲痛弄得我们都把那棵小树忘记了。

与其在街上瞎逛，我想，不如就去看看那棵树吧。我也想再看看母亲住过的那间房。我老记着，那儿还有个刚来到世上的孩子，不哭不闹，瞪着眼睛看树影儿。是那棵合欢树的影子吗？小院儿里只有那棵树。

院儿里的老太太们还是那么欢迎我，东屋倒茶，西屋点烟，送到我跟前。大伙都不知道我获奖的事，也许知道，但不觉得那很重要；还是都问我的腿，问我是否有了正式工作。这回，想摇车进小院儿真是不能了。家家门前的小厨房都扩大，过道窄到一个人推自行车进出也要侧身。我问起那棵合欢树。大伙说，年年都开花，长到房高了。这么说，我再看不见它了。我要是求人背我去看，倒也不是不行。我挺后悔前两年没有自己摇车进去看看。

我摇着车在街上慢慢走，不急着回家。人有时候只想独自静静地待一会儿。悲伤也成享受。

有一天那个孩子长大了，会想到童年的事，会想起那些晃动的树影儿，会想起他自己的妈妈，他会跑去看看那棵树。但他不会知道那棵树是谁种的，是怎么种的。

燕子

文 / 席慕蓉

初中的时候，学会了那一首《送别》的歌，常常爱唱：“长亭外，古道边，芳草碧连天……”有一个下午，父亲忽然叫住我，要我从头再唱一遍。很少被父亲这样注意过的我，心里觉得很兴奋，赶快再从头来好好地唱一次：“长亭外，古道边……”刚开了头，就被父亲打断了，他问我：“怎么是长亭外？怎么不是长城外呢？我一直以为是长城外啊！”

我把音乐课本拿出来，想要向父亲证明他的错误。可是父亲并不要看，他只是很懊丧地对我说：“好可惜，我一直以为是长城外，以为写的是我们老家，所以第一次听这首歌时就特别感动，并且一直没有忘记，想不到这么多年竟然听错了，好可惜！”父亲一连说了两个“好可惜”，然后就走开了，留我一个人站在空空的屋子里，不知道如何是好。

前几年刚搬到石门乡间的时候，我还怀着凯儿，听医生的嘱咐，一个人常常在田野间散步。那个时候，山上还种满了相思树，苍苍翠翠的，走在里面，可以听到各式各样的小鸟的鸣声，田里面也总是绿意盎然，好多小鸟也会很大胆地从我身边飞掠而过。

我就是那个时候看到那一只孤单的小鸟的，在田边的电线杆上，在细细的电线上，它安静地站在那里，黑色的羽毛，像剪刀一样的双尾。

“燕子！”我心中像触电一样地呆住了。

可不是吗？这不就是燕子吗？这不就是我从来没有见过的燕子吗？这不就是书里说的、外婆歌里唱的那一只燕子吗？

在南国的温热的阳光里，我心中开始一遍又一遍地唱起外婆爱唱的那一首歌来了：“燕子啊！燕子啊！你是我温柔可爱的小小燕子啊……”在以后的好几年里，我都会常常看到这种相同的小鸟，有的时候，我是牵着慈儿，有的时候，我是抱着凯儿，每一次，我都会兴奋地指给孩子看：“快看！宝贝，快看！那就是燕子，那就是妈妈最喜欢的小小燕子啊！”

怀中的凯儿正咿呀学语，香香软软的唇间也随着我说出一些不成腔调的儿语。天好蓝，风好柔，我抱着我的孩子，站在南国的阡陌上，注视着那一只黑色的安静的飞鸟，心中充满了一种朦胧的欢喜和一种朦胧的悲伤。

一直到了去年的夏天，因为一个部门的邀请，我和几位画家朋友一起到南部一个公园去写生，在一本报道垦丁附近天然资源的书里，我看到了我的燕子。图片上的它有着一样的黑色羽毛，一样的剪状的双尾，然而，在图片下的解释和说明里，却写着它的名字是“乌秋”。

在那个时候，我的周围有着好多的朋友，我却在忽然之间觉得非常的孤单。在我的朋友里，有好多位是在这方面很有研究心得的专家，我只要提出我的问题，一定可以马上得到解答，可是，我在那个时候唯一的反应却只是把那本书静静地合上，然后静静地走了出去。

在那一刹那，我忽然体会出来多年前的那一个下午，父亲失望的心情了。其实，不必向别人提出问题，我自己心里也已经明白了自己的错误。但是，我想，虽然有的时候，在人生的道路上，我们是应该面对所有的真相，可是，有的时候，我们实在也可以保有一些小小的美丽的错误，与人无害，与世无争，却能带给我们非常深沉的安慰的那一种错误。

我实在是舍不得我心中那一只小小的燕子啊！

珍珠鸟

文 / 冯骥才

真好！朋友送我一对珍珠鸟。放在一个简易的竹条编成的笼子里，笼内还有一卷干草，那是小鸟舒适又温暖的巢。

有人说，这是一种怕人的鸟。

我把它挂在窗前，那儿还有一盆异常茂盛的法国吊兰。我便用吊兰长长的、串生着小绿叶的垂蔓蒙盖在鸟笼上，它们就像躲进深幽的丛林一样安全，从中传出的笛儿般又细又亮的叫声，也就格外轻松自在了。

阳光从窗外射入，透过这里，吊兰那些无数指甲状的小叶，一半成了黑影，一半被照透，如同碧玉；

斑斑驳驳，生意葱茏。小鸟的影子就在这中间隐约闪动，看不完整，有时连笼子也看不出，却见它们可爱的鲜红小嘴从绿叶中伸出来。

我很少扒开叶蔓瞧它们，它们便渐渐敢伸出小脑袋瞅瞅我。我们就这样一点点熟悉了。

三个月后，那一团越发繁茂的绿蔓里边，发出一种尖细又娇嫩的鸣叫。我猜到，是它们有了雏儿。我呢？决不掀开叶片往里看，连添食加水时也不睁大好奇的眼去惊动它们。过不多久，忽然有一个更小的脑袋从叶间探出来。哟，雏儿！正是这个小家伙！它小，就能轻易地由疏格的笼子钻出身。瞧，多么像它的父母：红嘴红脚，灰蓝色的毛，只是后背还没有生出珍珠似的圆圆的白点；它好肥，整个身子好像一个蓬松的球儿。

起先，这小家伙只在笼子四周活动，随后就在屋里飞来飞去，一会儿落在柜顶上，一会儿神气十足地站在书架上，啄着书背上那些大文豪的名字，一会儿把灯绳撞得来回摇动，跟着跳到画框上去了。只要大鸟儿在笼里生气地叫一声，它立即飞回笼里去。

我不管它。这样久了，打开窗子，它最多只在窗框上站一会儿，决不飞出去。

渐渐地它胆子大了，就落在我的书桌上。

它先是离我较远，见我不去伤害它，便一点点挨近，然后蹦到我的杯子上，俯下头来喝茶，再偏过脸瞧瞧我的反应。我只是微微一笑，依旧写东西，它就放开胆子跑到稿纸上，绕着我的笔尖蹦来蹦去，跳动的小红爪子在纸上发出嚓嚓响。

我不动声色地写，默默享受着这小家伙亲近的情意。这样，它完全放心了。索性用那涂了蜡似的、角质的小红嘴，“嗒嗒”啄着我颤动的笔尖。我用手抚一抚它细腻的绒毛，它也不怕，反而友好地啄两下我的手指。

白天，它这样淘气地陪伴我；天色入暮，它就在父母的再三呼唤声中，飞向笼子，扭动滚圆的身子，挤开那些绿叶钻进去。

有一天，我伏案写作时，它居然落到我的肩上。我手中的笔不觉停了，生怕惊跑它。待一会儿，扭头看，这小家伙竟趴在我的肩头睡着了，银灰色的眼睑盖住眸子，小红脚刚好给胸脯上长长的绒毛盖住。我轻轻抬一抬肩，它没醒，睡得好熟！还咂咂嘴，难道在做梦？

我笔尖一动，流泻下一时的感受：

信赖，往往创造出美好的境界。

草原上的马

文 / 费孝通

稀稀落落散布在辽阔无边的草原上的蒙古包，一隔就是几十里，甚至几百里，而且时常在移动；依我们想来，它们之间消息一定不会太灵通的，而事实上却不然。比如我们到西新巴旗的第一天晚上，决定第二天去访问一位劳模，第二天我们去访问时，一路就有骑了马的人等着我们，邀我们到他们的蒙古包里去坐坐。我觉得很奇怪，他们怎么知道我们会经过这些地方的呢？陪同我们去访问的干部同志笑着向我们说："草原上有无线电，传得可快哩！"他所说的无线电就是草原上的马。消息一上马背，就飞一般地传开了。

马把辽阔的草原缩小了，把分散的、流动的蒙古包联系了起来。

草原上的人们离不了马，这是他们的腿。行动不能没有腿，他们人人有马骑，而且出门不论远近，总是跨在马背上。男的、女的、老的、少的全是这样。

在那么大的草原上，绝不会看见一个徒步往来的人，如果一个人靠了自己的两条腿走路，草原太大了，走上一天都不一定能碰着一个水源，遇到一家蒙古包。找不到吃的，找不到喝的，绿草无边，呼天无门，那就危险了。

我记得历史上有这样一个故事：成吉思汗有个祖父叫忽图剌。他有一次出去打猎，途遇敌人袭击，单骑被逐。他的马走入了一个泥淖，他从马镫上跳跃到了对岸，而那匹马却陷入了土里。这时敌人赶到，看见他已经失了马，也就不再追赶了，说："没有了马的蒙古人还能做什么呢？"他们料想这个人一定没有了命。忽图剌虽则侥幸没有死，但是这个故事也充分说明了草原上没有了马的人是不容易生存的。

草原上的人没有马是不可能想象的。但是这里不妨提出个历史问题来：岂是人先驯服了马才走上草原的？

那显然是不对的。即以呼伦贝尔草原来说，也是先有人，后有被驯服的马。也就是说，有一段很长的时间，草原上的人并没有马骑的。我在前面已经说过，我们在呼伦贝尔就看到了大约是一万年前这地方的人所用过的石器，而一万年前，世界上还没有任何一个地方的人骑上了马背，把马当作了人的交通工具。那时候的马都是野生的，人们把它们打死了吃它们的肉。

什么时候，在什么地方，马首先被驯服了的？据现有的历史知识说：考古学家在苏联土耳其斯坦和伊朗西部的高原上发现过距今五千年前遗下的马骨，所以一般认为里海附近的草原大概是最早把马驯服的地方。但是马普遍用来为人们服务可能是要到距今四千年前的事。那时，马还不是用来骑的，而是用来负重和拉车的。

在我们中国历史上，传说用马来拉车是从夏代相土开始的。相土是殷人，时间在纪元前一千七百年以前。大约就在这时候，亚洲的海克索斯人用马驾驶了轻快的战车袭击西方的埃及，而那时埃及还不知道有马。

从这些历史事实看来，我们北方草原上大约要到距今四千年到三千五百年前那一段时期中才驯服和使用了马。想来这也是草原上的人们生活上发生重大变革的时期。

对于草原上的历史，现在我们知道的还太少，比如说，在没有把马驯服之前，草原上人们的生活是怎样的？马的使用引起了哪些具体的变革？这些问题我们都没有答案。我们所知道的是由于马的使用，高原和平原之间的关系就密切了起来。这种关系有两方面：一方面是高原和平原之间贸易的开展。高原供给平原马匹，平原供给高原日用品，如织物、粮食等。这种交换互相间都受到发展经济的利益。我们从古以来，中原的马主要是从北方和西方高原上输入的。《左传》这部书上就说马是生长在“冀之北”，指的是现在的蒙古高原。周穆王时代关于马的传说很多，出名的八骏是西方送来的。历代从北方、西方输入的马匹为数很多，历史上常常有记载。

另一方面是战争。草原上的人们骑上了马背，成了一股富于机动性和冲击力的武力。这般武力到春秋战国时代已是中原居民的重大威胁。平原上的农民除了学习骑射来抵抗外，主要还是用深沟高垒的防御工程来阻挡这些横行的铁骑。现在还兀立在蒙古高原南边的万里长城告诉了我们当时斗争的严重和尖锐。

在这里，我们很自然地想起了草原上的人们所创立的庞大无比的蒙古帝国。蒙古帝国的兴起因素是很复杂的，不妨留给历史学家去研究讨论。只从他们使用骑兵所发挥出来的威力来说，实在是惊人的。顺便可以提到的是，培养这帝国的摇篮也正是呼伦贝尔草原。成吉思汗在占领呼伦贝尔之前，并不是所向无敌的英雄。这肥饶的草原却给了他雄飞宇内的物质基础。

马成为重要的生产力和战争中的破坏力，在人类历史上起过很大作用。对于这个作用，我们还希望历史学家能正确地给以适当的估计。

在这次旅行中，马给我们的印象是很深的。它是草原上极好的交通工具。我们这次是坐着汽车上草原的。没有汽车，像我这种不会骑马的人，根本就没有资格去旅行。当然，汽车上了草原又开始了一个新的世纪，但是在现在的条件下，马还是最方便的交通工具。汽车要汽油，费用贵，接济也困难，而且如果机械一发生故障，在辽阔的草原的哪个角里一抛锚，都是危险的，而马却随处有草可吃，不用为它担心。

草原上的马跑得快，在没有汽车之前，什么也比不上它。跑短距离，它也敢和普通的汽车比赛一下，至少我们所坐的卡车经常被快马丢在后面。如果要跑长距离，一个人带上几匹马，轮流着骑。据说七八百里的路程一天可以赶到。紧急时候，可以一连跑几天不休息。骑马的人吃一顿饱食，跑上几天再吃。他们什么也不带，轻骑疾驰，这种速度在现代交通工具发明之前是无可比拟的。消息上了马背，飞一般传开去的说法也不能说是过分地夸大了。

马这种交通工具是很好的，但是要使用这工具，却也不是简单的。像我，上了马背，还是要摔下来的。草原上的人们从小就下功夫培养出惯于马上生活的本领。还不会走路的孩子已经靠着父母在马上颠簸。六七岁的孩子，不论男女，都已经是熟练的骑士了。这些孩子最大的困难是爬不上马背，只要有人把他们放上马鞍，他们就活跃得像条龙，父母尽管在背后吆喝，也不肯放慢马步。马腿真像是长在他们自己身上一般，喝醉了的酒鬼也不会摔下马来，老态龙钟的妇女一样骑着马飞奔。如果不是从小锻炼，恐怕不可能有这样的本领。

草原上的人们爱马也是不言而喻的。他们最值得骄傲的事就是坐下有匹名马。哪个人有了匹好马，草原上的人全会知道。如果他肯出让，便任他喊价，几十几百匹马都有人愿意拿出来和他交换。

马的好坏是比赛比出来的。草原上每年举行“那达慕”大会，固然主要是为了做买卖，而会上最热闹的却是赛马。打头的马受到群众的羡慕，编了歌到处唱，马的主人感到光荣。

好马不但要种好，而且要培养训练得好。有一匹名马并不是简单的事。说到这里，我们必须讲讲马是怎样放牧的。放马的性质和放羊放牛有显著的区别。在我们初上草原的人一眼看来，用家畜两字来称马似乎是很有问题的。羊群和牛群尽管也是自然放牧，但是离不了人，而马没有人却一样能活下去，而且活得也可以很好。马群离开蒙古包常是很远的，晚上也不回来。一匹公马保护着一小群母马和小马。它们自己找草吃，冬天也不怕。马群有时会跑得很远，尤其是夏天，它们最怕蚊虫，常常迎着风飞跑。所以，有时一跑就是几百里，要费好长时间才能找回来，甚至有跑出国界的。草原上发现别的地方来的马并不足奇。他们传出个消息，马主人自会来认领。我们知道有一家的马群跑了有半年。这些情况使我们觉得马群不比羊群和牛群，多少还保留着不少自然生长时代的野性。

牧马的主要工作是训练马匹，使它们驯服，使人能骑得上它们的背。马不是生下来就欢迎人骑的，所以必须一匹一匹的加以驯服、训练。没有训练过的叫生口马，生口马只能算是半家畜性质。

马比人跑得快，力量又大，人空手近不了马群，所以放马的人自己必须骑一匹好马，手里执一根套马杆。套马杆是根有几丈长的木杆，杆头有个皮带做的圈套。他要抓哪匹马，就得用套马杆去套住它的颈项，套住了把皮带扣紧，它就跑不得了。但是套马并不是容易的，没有套住时马会狂奔，如果追不上就完了。套住了还是在奔，挣扎得更猛，如果没有手劲，或是不善骑马，会被它拉下马来。套马是草原上男子必须有的本领。

套住了马，按上鞍子，翻身骑上去。如果是头生口马，一有人骑上了背，就会百般颠簸，要把背上的人摔下来。训练马的人就要有本领制服这马，不被它摔下来。一匹生口马要经过一遍一遍地这样训练才能成为一匹坐马。

生口马不能出卖，必须经过了训练才能成为商品。所以训练马是牧马的必要工作。

马的价钱有高下，最好的马是没有价的，如果肯出让，别人可以拿几十匹马来换。普通的上等马要几百元一匹，一般的马也要一二百元。一家人一年卖出几匹马就是一笔很大的收入，而马群却常有上千匹的。这是草原上人们重要的财富。

马的价值虽比牛羊都高，但是养马群的人家却比较少。普通人家只养着为自己骑的马。我们并不知道一年从呼伦贝尔输出多少马，但听说过去军阀时期和日本统治时期，每年必须交纳大批军马，因为这是个有名的产马区。

现代化的军队中，马的作用虽比过去已有所改变，但是农用役畜的需要却因新式农具的推广而日渐增加。全国估计还缺少一千多万头农用役畜。怎样在牧区增产马匹已成了一个急迫的问题。

呼伦贝尔草原在这方面也有责任来满足国家建设的需要。

水塘边的鸟窝

文 / 梅洁

水塘在黑夜中沉寂，这使我怀念水塘边那棵有鸟窝的老榆树。

我们和母亲来到乡下时，那棵树正长满了榆钱。榆钱泛着淡淡的绿色，钱串似的，压弯了枝头。后来，榆钱落了，榆叶变老，黑绿黑绿的。知了爬到了榆树上，知了的叫声很尖很长，使山里的夏天更加闷热。夜里，塘里的青蛙“咕哇，咕哇”地叫着，开始是一只，后来便此起彼伏。白天，我们看见一群一群的小蝌蚪摆着黑黑的小尾巴、摇着黑黑的大脑袋，从塘的深处游到塘的浅处，再从浅处游到深处。母亲说，蝌蚪是青蛙淘气的孩子。秋天来了，榆树的枝丫上有了鸟窝，鸟窝一天天大了起来，小筛箩一样，母亲指给我看那鸟窝。

这是一个已经开始凉爽的傍晚，太阳红色的光辉已擦着山顶在慢慢消失，山顶有很美的晚霞，晚霞擦抹着母亲很美的脸，我发现母亲的脸上流淌着一种很浓厚的温暖。

山坳里的男孩子在塘边用竹筐捞青蛙，捞上的青蛙用藕叶包好了烧着吃。他们还吃烧田鼠，也用藕叶包着。他们还常用石头砸蚧蛤蟆，蚧蛤蟆长得很大，背上长满了令人恐惧的肉疙瘩。我非常害怕，母亲从小就不让我们看杀这杀那的，包括杀鸡。母亲希望我们长大了善良。致使我最终不敢看杀鸡，到老不敢弄死一条活鱼。买鱼时，总问："有死的吗？"小贩不理解，张几下嘴，不知怎样回答。小贩没有死鱼，只有活鱼。

天气越来越凉，风也大了起来，在山坳里回旋时发着一种响声。我望着老树枝丫上的鸟窝，问母亲："好高啊，妈妈！风一吹，要掉下来吗？"

"不会的，鸟的窝垒得很结实。窝里有它们的孩子，它们不会让窝掉下来的。"母亲抚摸我的头，很大很深的眼睛里充满了爱怜。我和母亲一起望着蓝天下黑黑的一团，我们一起想象那高高的温柔，我们虔诚地为它们孤独的、风雨飘摇的幸福祝福。

最可恨的莫过于男孩子。一天，邻居家的男孩子爬到树上，用竹竿把鸟窝给捅了。当我看见那黑魆魆的一团从几丈的高处往下掉时，我几乎晕了！我声嘶力竭地跑到老树下，看到的只是一团团摔散的用树枝、干草、羽毛和泥垒造的鸟窝以及几只血肉模糊的粉红色肉团。那是老鸟的孩子，还没有长羽！我的心被撕成了碎片！那一刻，我真想把男孩子推到树下的水塘里，让他死。母亲说："这孩子要遭报应的……"

此后，一个关于"窝"的战栗包裹着我的魂魄，走过了很长很长的岁月。

我长大后又几次来到那个山坳，我到水塘边找那棵老榆树，老榆树已被人伐掉，只剩下一个很悲凉的树桩。乡下的树已很少，我已很难看到儿时那样的大鸟窝。塘里的青蛙还"咕哇，咕哇"地叫着，小蝌蚪还是一群一群在水塘边游弋着。我为这些青蛙和它们的孩子庆幸着，它们生活在离城里人较远的乡下，否则，它们早被送上了城里那些豪华酒店的餐桌。但我不知，它们还能幸存几年。

人类什么时候才能开始悲悯我们身边的另一类生命？这个世界原本是我们和它们共同创造的……

那树

文 / 王鼎钧

那棵树立在那条路边上已经很久很久了。当那条路还只是一条泥泞的小径时，它就立在那里；当路上驶过第一辆汽车之前，它就立在那里；当这一带只有稀稀落落几处老式平房时，它就立在那里。

那树有一点佝偻，露出老态，但是坚固稳定，树顶像刚炸开的焰火一样繁密。认识那棵树的人都说，有一年，台风连吹两天两夜，附近的树全被吹断，房屋也倒塌了不少，只有那棵树屹立不动，而且据说，连一片树叶都没有掉下来。这真令人难以置信。据说，这一带还没有建造新公寓之前，陆上台风紧急警报声中，总有人到树干上旋涡形的洞里插一炷香呢。

那的确是一棵坚固的大树，霉黑潮湿的皮层上，有隆起的筋和纵裂的纹，像生铁铸就的模样。几丈以外的泥土下，还可看出有树根的伏脉。在夏天的太阳下挺着颈子急走的人，会像猎犬一样奔到树下，吸一口浓阴，仰脸看千掌千指托住阳光，看指缝间漏下来的碎汞。有时候，的确连树叶也完全静止。

于是鸟来了，鸟叫的时候，几丈外幼儿园里的孩子也在唱歌。

于是情侣止步，夜晚，树下有更黑的黑暗；于是那树，那沉默的树，暗中伸展它的根，加大它所能荫庇的土地，一厘米一厘米地向外。

但是，这世界上还有别的东西，别的东西延伸得更快，柏油路一里一里铺过来，高压线一千码[①]一千码架过来，公寓楼房一排一排挨过来。所有原来在地面上自然生长的东西都被铲除，被连根拔起。只有那树被一重又一重死鱼般的灰白色包围，连根须都被压路机碾进灰色之下，但树顶仍在雨后滴翠，经过速成的新建筑物衬托，绿得更深沉。公共汽车在树旁插下站牌，让下车的人好在树下从容撑伞。入夜，毛毛细雨比猫步还轻，跌进树叶里汇成敲响路面的点点滴滴，泄露了秘密，很湿，也很有诗意。那树被工头和工务局里的科员端详过计算过无数次，但它依然绿着。

---

① 码：英美制长度单位。1 码等于 0.9144 米。

计程车像饥蝗拥来。“为什么这儿有一棵树呢？”一个司机喃喃。“而且是这么老这么大的树。”乘客也喃喃。在车轮扬起的滚滚黄尘里，在一片焦躁恼怒的喇叭声里，那一片清阴不再有用处。公共汽车站搬了，搬进候车亭。水果摊搬了，搬到行人能悠闲地停住的地方。幼儿园也要搬，看何处能属于孩子。只有那树屹立不动，连一片叶也不落下。那一蓬蓬叶子照旧绿，绿得很有问题。

啊，树是没有脚的。树是世袭的土著，是春泥的效死者。树离根，根离土，树即毁灭。它们的传统是引颈受戮，即使是神话作家，也不曾说森林逃亡。连一片叶也不逃走，无论风力多大。任凭头上已飘过十万朵云，地上叠过二十万个脚印。任凭那在枝丫间跳远的鸟族已换了五十代子孙，任凭鸟的子孙已栖息每一座青山。当幼苗长出来，当上帝伸手施洗，上帝曾说：“你绿在这里，绿着生，绿着死，死复绿。”啊！所以那树，冒死掩覆已失去的土地，作徒劳无功的贡献，在星空下仰望上帝。

这天，一个喝醉了的驾驶者以六十英里的速度对准树干撞去。于是人死。于是交通专家宣判那树要偿命。于是这一天来了，电锯从树的踝骨[①]咬下去，嚼碎，撒了一圈白森森的骨粉，那树仅仅在倒地时呻吟了一声。这次屠杀安排在深夜进行，为了不影响马路上的交通。夜很静，像树的祖先时代，星临万户，

---

① 树的踝骨：指树干靠近根的部位。

天象庄严，可是树没有说什么，上帝也没有。一切预定，一切先有默契，不再多言。与树为邻的老太太偏说她听见老树叹气，一声又一声，像严重的哮喘病。伐树的工人什么也没听见，树缓缓倾斜时，他们只发现一件事：本来藏在叶底下的那盏路灯格外明亮，马路豁然开旷，像拓宽了几尺。

尸体的肢解和搬运连夜完成。早晨，行人只见地上有碎叶，叶上的每一平方厘米仍绿着。绿世界的残存者已不复存，它果然绿着生、绿着死。缓缓地，路面染上旭辉；缓缓地，清道妇一路挥帚出现。她们戴着斗笠，包着手臂，是都市的寄生者，是树的亲戚。扫到树根，她们围着年轮站定，看那一圈又一圈的风雨图，估计根有多大，能分裂成多少斤木柴。一个说，昨天早晨，她扫过这条街，树仍在，住在树干里的蚂蚁大搬家，由树根到马路对面，流成一条细细的黑河。她用做证的语气说，她从没见过那么多蚂蚁，那一定是一个蚂蚁国。她甚至说，有几个蚂蚁像苍蝇一般大。她一面说，一面用扫帚划出大移民的路线，汽车的轮胎几次将队伍切成数段，但秩序毫不紊乱。对着几个睁大了眼睛的同伴，她表现出乡村女子特有的丰富见闻。老树是通灵的，它预知被伐，便将自己的灾祸先告诉体内的寄生虫。于是弱小而坚韧的民族决定远征，一如当初它们远征而来。每一个黑斗士离巢后，先在树干上绕行一周，表示了依依不舍。这是那个乡下来的清道妇说的。这就是落幕了，它们来参加树的葬礼。

两星期后，根被挖走了，为了割下这颗生满虬须[1]的大头颅，刽子手贴近它做了个陷阱，切断所有的动脉静脉。时间仍然是在夜间，这一夜无星无月，黑得像一块仙草冰。他们带利斧和美制的十字镐来，带工作灯来，人造的强光把举镐挥斧的影子投射在路面上，在公寓二楼的窗帘上跳跃奔腾如巨无霸。汗水超过了预算数，有人怀疑已死未朽之木还能顽抗。在陷阱未填平之前，车辆改道，几个以违规为乐的摩托车骑士跌进去，抬进了医院。不过这一切都过去了，现在，日月光华，周道如砥[2]，已无人知道有过这么一棵树，更没人知道几千条断根压在一层石子一层沥青又一层柏油下闷死。

---

① 虬须：卷曲的胡子。这里指树根。

② 周道如砥：这里形容公路的平坦，畅通无阻。

淡竹

文 / 苏沧桑

初秋，我和他相遇在江南湖州一个叫“百草原”的山林中。

他是竹，植物中的另类。他看上去清瘦且憔悴，相对于百草原的其他植物，像一个混得不太好的中年人。

稻子正是扬花灌浆的妙龄，名牌大学生般踌躇满志；银杏终于褪去了一身浓艳，和蓝天的高洁媲美；法国梧桐是老实人，沉浸在年代久远的优越感里，并不知道，有一种鹅掌梧桐要悄然替代它无敌的位置；兰花三七，像极薰衣草，却更美，所有的花都虔诚地朝一个方向，像被一种崇高使命蛊惑了；

浮萍无根，却有心肺，挣脱着随波逐流的命运。贪婪的蔓不知羞耻地攀爬在高大的冷杉上，一边嗜血，一边甜言蜜语……

几乎所有的植物都攒足劲儿在喊——我要生存！我要开花！我要结果！

甚至那口奇异的井都像藏着无穷的欲望，日夜暗涌不息的水，居然漫过高出地面一米的井沿。如果将井沿继续垒高，水会怎样？

他是竹，是植物中的另类。其实，名利、金钱、权势，如同阳光雨露的垂爱，蜜蜂花蝶的青睐，他不是不想要，可是，要弯下腰，要费尽心机，要将每一条根都变成利爪，团结土壤，虚伪地赞美越来越污浊的空气；要与昆虫讲和，与风霜妥协；对苍蝇漠视，对强加在身上的种种不公委曲求全，这样才能安身立命，才能有飞黄腾达的可能。

可是，他的节生来就是直的，他不能弯腰；他的心生来就是空的，他不愿费尽心机。

真的是空的吗？不，那一节节空里，早已成就一个美妙的小宇宙——有与生俱来的一些坚持，有人生一世、草木一秋的豁达智慧，有对土地的感恩，有和另一棵竹的爱，与笋的亲，与周围无数青光绿影的促膝长谈、开怀畅饮，有鸟儿偶尔驻足的呢喃，有清风明月的和唱……笑忘功名利禄，荒芜繁杂的每一秒时光都格外静谧而美好。

那一节节空里，是永远的盈满。

更让我惊异的是，他不仅直、空，而且淡。他是淡竹——全球原始淡竹最大群落中的一员。从外表到骨子都是竹子里的最淡——淡紫、淡红、淡褐、淡绿，淡泊。所以，他与世无争到看淡生死。

他可以很入世。生可以防风，成荫，美化环境；死可以做篾，成为最土最实用的晒竿、瓜架、凉席，竹桌、竹椅、竹篮。他可以很出世。他是箫与笛的前世，不死的魂魄随天籁之音往来天地之间，优雅散淡而隽永。

当然，这并不表示他逆来顺受，他会和压在头顶上的积雪抗争，他不允许荒草占领脚下的领地，他摇曳着枝干向毒蛇示威，他告诉所有的竹要独善其身兼爱天下。

他是李白，“安能摧眉折腰事权贵，使我不得开心颜”；他是陶渊明，“采菊东篱下，悠然见南山”；他是郑板桥，“盖竹之体，劲瘦孤高，枝枝傲雪，节节干霄，有君子之豪气凌云，不为俗屈”；他是文天祥，“人生自古谁无死，留取丹心照汗青”；他是苏轼，“宁可食无肉，不可居无竹”；他是疯疯癫癫的释道济公，“数枝淡竹翠生光，一点无尘自有香”；他是岳飞、辛弃疾，他是中国儒家，“山南之竹，不操自直，斩而为箭，射而则达”……

他是我们身边那些坚守着什么的人。他们懂得浓墨重彩是一辈子，云淡风轻也是一辈子；奴颜婢膝是一辈子，坦荡潇洒也是一辈子。他们选择了后者，等于选择了物质上的清瘦，心灵上的丰衣足食。

于是这些自由快乐的心灵站在一个孤寂的阵营里，成为人世间越来越弥足珍贵的另类，风雨过处，仰天长笑。

小黑屋琐记

文 / 赵丽宏

一

因为没有窗，这里分不出白天黑夜——所以叫它小黑屋。

八个平方，四面板壁；书桌、床，以及快堆到天花板的书和杂志——这就是它的全貌。

三面板壁隔着邻居，隔壁人家的声音丝毫不漏，全部传到这里——夫妻吵架、孩子哭笑、收音机里的相声、电视机里的球赛……

一面板壁隔着走廊兼厨房，板壁缝隙里，常常钻进各种各样的气味——鱼腥、肉香、葱、蒜、油、醋……

一盏八瓦的小日光灯便足以把它照亮了。柔和的白光整日抚摸着这里的一切……

在这里，我几乎度过了整个青年时代！

二

花儿在这里要枯萎，鸟儿在这里不肯唱歌。人呢，人在这里怎么样？

是的，假如混沌，它可以成为笼子，牢牢囚禁我的思想；假如颓丧，它可以成为坟墓，活活埋葬我的青春。

而我，却流着汗，憋着气，忍受着四面夹击的噪声，在这里长大了，成熟了，走上了一条追求光明和艺术的道路。

我深深地感谢我这间小屋。我也常常问自己：是什么使我留恋这幽暗的小天地呢？

三

它曾经空空如也——空荡荡的摆设，空荡荡的思想。

我在这里拉过琴，琴声无力地呻吟着，在四堵板壁间回旋，并且，惹恼了四面人家……

我在这里学过画，画笔蘸着怅惘，画出来也只能是一片迷茫……

八瓦的小灯光线微弱，然而用它为一个读书人照明是绰绰有余了。当书页沙沙地在这里掀动时，我的心也逐渐亮起来。是的，它越来越小——这是因为书占据的空间越来越多。是的，它越来越大——这是因为在知识的瀚海之中，我越来越感觉到自己的渺小和无知。在这里，我终于富有起来，充实起来。给予我的，是无数令人崇敬的先人——

普希金和雪莱在为我吟诗……

泰戈尔老人用他奇妙的语言为我讲述许多神秘的故事……

杰克·伦敦和海明威大声地告诉我：人生，就是搏斗！

黑格尔和克罗齐娓娓而谈，为我讲授着美学……

还有我们民族那么多才华横溢的祖先，为我唱着永不使人厌倦的优美的歌……

古老的、新鲜的、艰深的、晓畅的，互相掺杂着向我涌来，需要我清理，需要我挑选……

我像一个淘金者，在幽暗的矿井里采掘灿然的黄金。采不完的金子呵！

四

一张字条赫然钉在门楣上：禁止抽烟！

对不起，来做客的朋友，你一支烟可以使这里整整二十四小时浊烟缭绕。对不起，朋友。

然而这并不妨碍我们交谈，并不妨碍友谊的清泉在这里流淌……

来吧，我们谈古论今，让我的小黑屋成为一艘船，驶回远古，漂向未来，周游天涯海角……

来吧，我们互相吟诗，吐露心曲，让心儿变成小鸟，从这里飞向辽阔自由的天空……

一位搞美术的朋友来到这里，环顾左右，好奇的目光四面碰壁了。她说：“等着，我要为你开一扇窗。”于是，几天之后，我的墙上出现了一幅油画——不，是一扇美妙的小窗，墙孔里是金黄的田野，蔚蓝的河流，阳光在缤纷的树林里流动……

一位作曲的朋友在这里坐了几分钟，捂着耳朵走了。第二天，他为我捧来一台录音机，于是，这里有了音乐，贝多芬、柴可夫斯基、莫扎特、肖邦常常到这里抚慰我了……

你们不会忘记这里吧，朋友，尽管在这里不能抽烟。而它，我的小黑屋，也不会忘记你们的！

五

“笃，笃，笃”，走廊里有人敲板壁。邻家大婶又隔着板壁喊了：“我能剁肉吗？要是影响你写文章，我就到晒台上去。”

“嘘——”另一面隔壁有人在训孩子，是那位爽朗的纺织女工，虽然声音压得很低，但还是听得很清楚："不许闹，叔叔在隔壁写诗，再闹，晚上不许看电视！"

"呀——"门被推开了，走进来的是前楼的娃娃："叔叔，今天幼儿园老师教我们一首诗，我念给你听，好吗？"

……

生活在我的四周行进着，脚步杂乱却亲切。

无数善良温暖的心灵在我的四周跳动，像夜空里一片晶莹闪烁的星星……

人们呵，你们按你们的节奏生活吧，这不会干扰我的思索，不会妨碍我用笔在雪白的纸上倾吐心声。我，也是你们中间的一个分子，我在这里为你们歌唱……

在黑暗中寻觅到的光明，是永远不会黯淡的。

在狭窄中追求到的辽阔，是永远不会缩小的。

在贫瘠中创造出的丰饶，是永远不会枯竭的。

也许，我将告别它，搬进一间宽畅的有窗户的房子，心灵和躯体都将得到阳光的沐浴。然而我怎么会忘记它呢！

此刻正是深夜，万籁俱寂。只有我这盏八瓦的小灯在四壁之间闪耀；只有桌上的闹钟在用那永不变化的节奏和语气，庄严地宣告着旧的结束、新的开始——嘀嗒，嘀嗒，嘀嗒……

突然想起刘禹锡的《陋室铭》来：

山不在高，有仙则名。水不在深，有龙则灵。斯是陋室，惟吾德馨。

苔痕上阶绿，草色入帘青。谈笑有鸿儒，往来无白丁。可以调素琴、阅金经……

孔子云：何陋之有！

焚鹤人

我好像为什么事情很悲哀，

我想起“生命”。

每个活人都像是有一个生命，

生命是什么，居多人是不曾想起的，

就是“生活”也不常想起。

秋天的况味

文 / 林语堂

秋天的黄昏，一人独坐沙发上抽烟，看烟头白灰之下露出红光，微微透露出暖气，心头的情绪便跟着那蓝烟缭绕而上，一样的轻松，一样的自由。不转眼，缭烟变成缕缕的细丝，慢慢不见了，而那霎时，心上的情绪也跟着消沉于大千世界，所以也不讲那时的情绪，而只讲那时的情绪的况味。待要再划一根洋火，再点起那已点过三四次的雪茄，却因白灰已积得太多而点不着，乃轻轻地一弹，烟灰静悄悄地落在铜炉上，其静寂如同我此时用毛笔写在纸上一样，一点的声息也没有。于是再点起来。一口一口地吞云吐雾，香气扑鼻，宛如偎红倚翠温香在抱情调。于是想到烟，想到这烟一股温煦的热气，想到室中缭绕暗淡的烟霞，想到秋天的意味。

这时才忆起，向来诗文上秋的含义，并不是这样的，使人联想的是肃杀，是凄凉，是秋扇，是红叶，是荒林，是萋草。然而秋确有另一意味，没有春天的阳气勃勃，没有夏天的炎烈迫人，也不像冬天之全入于枯槁凋零。我所爱的是秋林古气磅礴气象。有人以老气横秋骂人，可见是不懂得秋林古色之滋味。在四时中，我于秋是有偏爱的，所以不妨说说。

秋代表成熟，对于春天之明媚娇艳，夏日之茂密浓深，都是过来人，不足为奇了，所以其色淡，叶多黄，有古色苍茏之慨，不单以葱翠争荣了。这是我所谓秋的意味。大概我所爱的不是晚秋，是初秋，那时暄气初消，月正圆，蟹正肥，桂花皎洁，也未陷入凛冽萧瑟气态，这是最值得赏乐的。那时的温和，如我烟上的红灰，只是一股熏熟的温香罢了。或如文人已摆脱下笔惊人的格调，而渐趋纯熟练达，宏毅坚实，其文读来有深长意味。这就是庄子所谓“正得秋而万宝成”结实的意义。在人生上最享乐的就是这一类的事。比如酒以醇以老为佳。烟也有和烈之辨。雪茄之佳者，远胜于香烟，因其意味较和。倘是烧得得法，慢慢地吸完一支，看那红光炙发，有无穷的意味。鸦片吾不知，然看见人在烟灯上烧，听那微微哔剥的声音，也觉得有一种诗意。

大概凡是古老、纯熟、熏黄、熟练的事物，都使我得到同样的愉快。如一只熏黑的陶锅在烘炉上用慢火炖猪肉时所发出的锅中徐吟的声调，是使我感到同观人烧烟一样的兴趣。或如一本用过二十年而尚未破烂的字典，或是一张用了半世的书桌，或如看见街上一块熏黑了老气横秋的招牌，或是看见书法大家苍劲雄深的笔迹，都令人有相同的快乐。

人生世上如岁月之有四时，必须要经过这纯熟时期，如女人发育健全遭遇安顺的，亦必有一时徐娘半老的风韵，为二八佳人所绝不可及者。使我最佩服的是邓肯的佳句：“世人只会吟咏春天与恋爱，真无道理。须知秋天的景色，更华丽，更恢奇，而秋天的快乐有万倍的雄壮、惊奇、都丽。我真可怜那些妇女识见偏狭，使她们错过爱之秋天的宏大的赠赐。”

若邓肯者，可谓识趣之人。

生命

文 / 沈从文

我好像为什么事情很悲哀，我想起“生命”。

每个活人都像是有一个生命，生命是什么，居多人是不曾想起的，就是“生活”也不常想起。我说的是离开自己生活来检视自己生活这样事情，活人中就很少那么做，因为这么做不是一个哲人，便是一个傻子了。“哲人”不是生物中的人的本性，与生物本性那点兽性离得太远了，数目稀少正见出自然的巧妙与庄严。因为自然需要的是人不离动物，方能传种。虽有苦乐，多由生活小小得失而来，也可望从小小得失得到补偿与调整。一个人若尽向抽象追究，结果纵不至于违反自然，亦不可免疏忽自然，观念将痛苦自己，混乱社会。

因为追究生命意义时，即不可免与一切习惯秩序冲突。在同样情形下，这个人脑与手能相互为用，或可成为一思想家或艺术家，脑与行为能相互为用，或可成为一革命者。若不能相互为用，引起分裂现象，末了，这个人就变成疯子。其实哲人或疯子，在违反生物原则，否认自然秩序上，将脑子向抽象思索，意义完全相同。

我正在发疯。为抽象而发疯。我看到一些符号，一片形，一把线，一种无声的音乐，无文字的诗歌。我看到生命一种最完整的形式，这一切都在抽象中好好存在，在事实前反而消灭。

有什么人能用绿竹做弓矢，射入云空，永不落下？我之想象，犹如长箭，向云空射去，去即不返。长箭所注，在碧蓝而明静之广大虚空。

明智者若善用其明智，即可从此云空中，读示一小文，文中有微叹与沉默，色与香，爱和怨。无著者姓名。无年月。无故事。无……然而内容极柔美。虚空静寂，读者灵魂中如有音乐。虚空明蓝，读者灵魂上却光明净洁。

大门前石板路有一个斜坡，坡上有绿树成行，长干弱枝，翠叶积叠，如翠翣等，如羽葆，如旗帜。常有山灵，秀腰白齿，往来其间。遇之者即喑哑。爱能使人喑哑——一种语言歌呼之死亡。“爱与死为邻。”

然抽象的爱，亦可使人超生。爱国也需要生命，生命力充溢者，方能爱国。至如阉寺性的人，实无所爱，对国家，貌作热诚，对事，马马虎虎，对人，毫无情感，对理想，异常吓怕。也娶妻生子，治学问教书，做官开会，然而精神状态上始终是个阉人。与阉人说此，当然无从了解。

夜梦极可怪。见一淡绿百合花，颈弱而花柔，花身略有斑点青渍，倚立门边微微动摇。在不可知地方好像有极熟习的声音在招呼：

"你看看好，应当有一粒星子在花中。仔细看看。"

于是伸手触之。花微抖，如有所怯。亦复微笑，如有所恃。因轻轻摇触那个花柄、花蒂、花瓣。近花处，几片叶子全落了。

如闻叹息，低而分明。

雷雨刚过。醒来后闻远处有狗吠，吠声如豹。半迷糊中卧床上默想，觉得惆怅之至。因百合花在门边动摇，被触时微抖或微笑，事实上均不可能！

起身时因将经过记下，用半浮雕手法，如玉工处理一片玉石，琢刻割磨。完成时犹如一壁炉上小装饰。精美如瓷器，素朴如竹器。

一般人喜用教育身份来测量一个人的道德程度。尤其是有关乎性的道德。事实上这方面的事情，正复难言。有些人我们应当嘲笑的，社会却常常给以尊敬，如阉寺。有些人我们应当赞美的，社会却认为罪恶，如诚实。多数人所表现的观念，照例是与真理相反的。多数人都乐于在一种虚伪中保持安全或自足心境。因此我焚了那个稿件。我并不畏惧社会，我厌恶社会，厌恶伪君子，不想将这个完美诗篇被伪君子眼目所污渎。

百合花极静。在意象中尤静。

山谷中应当有白中微带浅蓝色的百合花，弱颈长蒂，无语如语，香清而淡，躯干秀拔。花粉作黄色，小叶如翠珰。

法朗士曾写一《红百合》故事，述爱欲在生命中所占地位，所有形式，以及其细微变化。我想写一《绿百合》，用形式表现意象。

想飞

文 / 徐志摩

假如这时候窗子外有雪——街上，城墙上，屋脊上，都是雪，胡同口一家屋檐下偎着一个戴黑兜帽的巡警，半拢着睡眼，看棉团似的雪花在半空中跳着玩……假如这夜是一个深极了的啊，不是壁上挂钟的时针指示给我们看的深夜，这深就好比是一个山洞的深，一个往下钻螺旋形的山洞的深……

假如我能有这样一个深夜，它那无底的阴森捻起我遍体的毫管；再能有窗子外不住往下筛的雪，筛淡了远近间扬动的市谣；筛泯了在泥道上挣扎的车轮；筛灭了脑壳中不妥协的潜流……

我要那深，我要那静。那在树荫浓密处躲着的夜鹰，轻易不敢在天光还在照亮时出来睁眼。思想：它也得等。

青天里有一点子黑的。正冲着太阳耀眼，望不真，你把手遮着眼，对着那两株树缝里瞧，黑的，有榧子来大，不，有桃子来大——嘿，又移着往西了！

我们吃了中饭出来到海边去。（这是英国康槐尔极南的一角，三面是大西洋。）勖丽丽的叫响从我们的脚底下匀匀地往上颤，齐着腰，到了肩高，过了头顶，高入了云，高出了云。啊！

你能不能把一种急震的乐音想象成一阵光明的细雨，从蓝天里冲着这平铺着青绿的地面不住地下？不，那雨点都是跳舞的小脚，安琪儿的。云雀们也吃过了饭，离开了它们卑微的地巢飞往高处做工去。上帝给它们的工作，替上帝做的工作。瞧着，这儿一只，那边又起了两！一起就冲着天顶飞，小翅膀活动得多快活，圆圆的，不踌躇地飞，——它们就认识青天。一起就开口唱，小嗓子活动得多快活，一颗颗小精圆珠子直往外唾，亮亮地唾，脆脆地唾，——它们赞美的是青天。瞧着，这飞得多高，有豆子大，有芝麻大，黑刺刺的一屑，直顶着无底的天顶细细地摇，——这全看不见了，影子都没了！但这光明的细雨还是不住地下着……

飞。“其翼若垂天之云……背负苍天，而莫之夭阏者”，那不容易见着。我们镇上东关厢外有一座黄泥山，山顶上有一座七层的塔，塔尖顶着天。塔院里常常打钟，钟声响动时，那在太阳西晒的时候多，一枝艳艳的大红花贴在西山的鬓边回照着塔山上的云彩，——钟声响动时，绕着塔顶尖，摩着塔顶天，穿着塔顶云，有一只两只，有时三只四只有时五只六只蜷着爪往地面瞧的“饿老鹰”，撑开了它们灰苍苍的大翅膀没挂恋似的在盘旋，在半空中浮着，在晚风中泅着，仿佛是按着塔院钟的波荡来练习圆舞似的。那是我做孩子时的“大鹏”。

有时好天抬头不见一瓣云的时候听着猇忧忧的叫响，我们就知道那是宝塔上的饿老鹰寻食吃来了，这一想象半天里秃顶圆睛的英雄，我们背上的小翅膀骨上就仿佛豁出了一铢铢铁刷似的羽毛，摇起来呼呼响的，只一摆就冲出了书房门，钻入了玳瑁镶边的白云里玩儿去，谁耐烦站在先生书桌前晃着身子背早上上的多难背的书！啊飞！不是那在树枝上矮矮地跳着的麻雀儿的飞；不是那凑天黑从堂匾后背冲出来赶蚊子吃的蝙蝠的飞；也不是那软尾巴软嗓子做窠在堂檐上的燕子的飞。要飞就得满天飞，风拦不住云挡不住地飞，一翅膀就跳过一座山头，影子下来遮得阴二十亩稻田的飞，到天晚飞倦了，就来绕着那塔顶尖顺着风向打圆圈做梦……听说饿老鹰会抓小鸡！

飞。人们原来都是会飞的。天使们有翅膀，会飞，我们初来时也有翅膀，会飞。我们最初来就是飞了来的，有的做完了事还是飞了去，他们是可羡慕的。但大多数人是忘了飞的，有的翅膀上掉了毛，不长再也飞不起来，有的翅膀叫胶水给胶住了，再也拉不开，有的羽毛叫人给修短了像鸽子似的只会在地上跳，有的拿背上一对翅膀上当铺去典钱，使过了期再也赎不回……真的，我们一过了做孩子的日子，就掉了飞的本领。但没了翅膀或是翅膀坏了不能用是一件可怕的事。因为你再也飞不回去，你蹲在地上呆望着飞不上去的天，看旁人有福气地一程一程地在青云里逍遥，那多可怜。而且翅膀又不比是你脚上的鞋，穿烂了可以再问妈要一双去，翅膀可不成，折了一根毛就是一根，没法给补的。

还有，单顾着你翅膀也还不定规到时候能飞，你这身子要是不谨慎养太肥了，翅膀力量小再也拖不起，也是一样难不是？一对小翅膀驮不起一个胖肚子，那情形多可笑！到时候你听人家高声地招呼说，朋友，回去吧，趁这天还有紫色的光，你听，他们的翅膀在半空中沙沙的摇响，朵朵的春云跳过来拥着他们的肩背，望着最光明的来处翩翩地，冉冉地，轻烟似的化出了你的视域，像云雀似的只留下一泻光明的骤雨——“Thou art unseen，but yet I hear thy shrill delight”[①]——那你，独自在泥涂里淹着，够多难受，够多懊恼，够多寒碜！趁早留神你的翅膀，朋友。

是人没有不想飞的。老是在这地面上爬着够多厌烦，不说别的。飞出这圈子，飞出这圈子！到云端里去，到云端里去！

哪个心里不成天千百遍地这么想？飞上天空去浮着，看地球这弹丸在大空里滚着，从陆地看到海，从海再看回陆地。凌空去看一个明白——这才是做人的趣味，做人的权威，做人的

① 大意是“你无影无踪，但我仍听见你的尖声欢叫”。

交代。

这皮囊要是太重挪不动，就掷了它，可能的话，飞出这圈子，飞出这圈子！

人类初发明用石器的时候，已经想长翅膀。想飞。原人洞壁上画的四不像，它的背上掮着翅膀；拿着弓箭赶野兽的，他那肩背上也给安了翅膀。小爱神是有一对粉嫩的肉翅的。挨开拉斯[①]（Icarus）是人类飞行史里第一个英雄，第一次牺牲。安琪儿（那是理想化的人）第一个标记是帮助他们飞行的翅膀。那也有沿革——你看西洋画上的表现。最初像是一对小精致的令旗，蝴蝶似的粘在安琪儿们的背上，像真的，不灵动的。渐渐地，翅膀长大了，地位安准了，毛羽丰满了。画图上的天使们长上了真的可能的翅膀。人类初次实现了翅膀的观念，彻悟了飞行的意义。挨开拉斯闪不死的灵魂，回来投生又投生。人类最大的使命是制造翅膀；最大的成功是飞！理想的极度，想象的止境，从人到神！诗是翅膀上出世的；哲理是在空中盘旋的。飞：超脱一切，笼盖一切，扫荡一切，吞吐一切。

你上那边山峰顶上试去，要是度不到这边山峰上，你就得到这万丈的深渊里去找你的葬身地！“这人形的鸟会有一天试他第一次的飞行，给这世界惊骇，使所有的著作赞美，给他所

① 挨开拉斯，现通译伊卡罗斯，古希腊传说中能工巧匠代达洛斯（Daedalus）的儿子。他们父子用蜂蜡粘贴羽毛做成双翼，腾空飞行。由于伊卡罗斯飞得太高，太阳把蜂蜡晒化，使他坠海而死。

从来的栖息处永久的光荣。”啊达文謇！

但是飞？自从挨开拉斯以来，人类的工作是制造翅膀，还是束缚翅膀？这翅膀承上了文明的重量，还能飞吗？都是飞了来的，还都能飞了回去吗？钳住了，烙住了，压住了，——这人形的鸟会有试他第一次飞行的一天吗？……

同时，天上那一点子黑的已经迫近在我的头顶，形成了一架鸟形的机器，忽地，机沿一侧，一球光直往下注，“嘣”的一声炸响，——炸碎了我在飞行中的幻想，青天里平添了几堆破碎的浮云。

造心

文 / 毕淑敏

蜜蜂会造蜂巢。蚂蚁会造蚁穴。人会造房屋、机器，造美丽的艺术品和动听的歌。但是，对于我们最重要最宝贵的东西——自己的心，谁是它的建造者？

我们的心是长久地不知不觉地以自己的双手塑造而成。

造心先得有材料。有的心是用钢铁造的，沉黑无比。有的心是用冰雪造的，高洁酷寒。有的心是用丝绸造的，柔滑飘逸。有的心是用玻璃造的，晶莹脆薄。有的心是用竹子造的，锋利多刺。有的心是用木头造的，安稳麻木。有的心是用红土造的，粗糙朴素。有的心是用黄连造的，苦楚不堪。有的心是用垃圾造的，面目可憎。有的心是用谎言造的，百孔千疮。有的心是用尸骸造的，腐恶熏天。有的心是用眼镜蛇的唾液造的，剧毒凶残。

造心要有手艺。一只灵巧的心，缝制得如同金丝荷包。一罐古朴的心，淳厚得好似百年老酒。一枚机敏的心，感应快捷电光石火。一颗潦草的心，门可罗雀疏可走马。一摊胡乱堆就的心，乏善可陈杂乱无章。一片编织荆棘的心，暗设机关处处陷阱。一道半是细腻半是马虎的心，好似白蚁蛀咬的断堤。一朵绣花枕头内里虚空的心，是假冒伪劣心界的水货。

心的边疆可以造得很大很大。像延展性最好的金箔，铺设整个宇宙，把日月包含。没有一片乌云可以覆盖心灵辽阔的疆域。没有哪次地震火山可以彻底颠覆心灵的宏伟建筑。没有任何风暴可以冻结心灵深处喷涌的温泉。没有某种天灾人祸可以在秋天，让心的田野颗粒无收。

心的规模也可能缩得很小很小，只能容纳一个家，一个人，一粒芝麻，一滴病毒。一丝雨就把它淹没了。一缕风就把它粉碎了。一句流言就让它痛不欲生。一个阴谋就置它万劫不复。

心可以很硬，超过人世间已知的任何一种金属。心可以很软，如泣如诉如绢如帛。心可以很韧，千百次的折损委屈，依旧平整如初。心可以很脆，一个不小心，顿时香消玉殒。

优等的心，不必华丽，但必须坚固。因为人生有太多的压榨和当头一击，会与独行的心灵，在暗夜狭路相逢。如果没有精心的特别设计，简陋的心很易横遭伤害一蹶不振，也许从此破罐破摔，再无生机。没有自我康复本领的心灵，是不设防的大门。一汪小伤，便漏尽全身膏血。一星火药，烧毁绵延的城堡。

心为血之海，那里汇聚着每个人的品格智慧精力情操，心的质量就是人的质量。有一颗仁慈之心，会爱世界爱人爱生活，爱自身，也爱大家。有一颗自强之心，会勤学苦练百折不挠，宠辱不惊大智若愚。有一颗尊严之心，会珍惜自然善待万物。有一颗流量充沛羽翼丰满的心，会乘上幻想的航天飞机，抚摸月亮的肩膀。

当以我手塑我心的时候，一定要找好样板，郑重设计，万不可草率行事。造心当然免不了失败，也很可能会推倒重来。不必气馁，但也不可过于大意。因为心灵的本质是一种缓慢而精细的物体，太多的揉搓，会破坏它的灵性与感动。

造好的心，如同造好的船。当它下水远航时，蓝天在头上飘荡，海鸥在前面飞翔，那是一个神圣的时刻。会有台风，会有巨涛。但一颗美好的心，即使巨轮沉没，它的颗粒也会在海浪中，无畏而快乐地燃烧。

厂甸

文 / 周作人

琉璃厂是我们很熟的一条街。那里有好些书店，纸店，卖印章墨合子的店，而且中间东首有信远斋，专卖蜜饯糖食，那有名的酸梅汤十多年来还未喝过，但是杏脯蜜枣有时却买点来吃，到底不错。不过这路也实在远，至少有十里吧，因此我也不常到琉璃厂去，虽说是很熟，也只是一个月一回或三个月两回而已。然而厂甸又当别论。厂甸云者，阴历元旦至上元十五日间琉璃厂附近一带的市集，游人众多，如南京的夫子庙、吾乡的大善寺也。南新华街自和平门至琉璃厂中间一段，东西路旁皆书摊，西边土地祠中亦书摊而较整齐，东边为海王村公园，杂售儿童食物玩具，最特殊者有长四五尺之糖葫芦及数十成群之风车，凡玩厂甸归之妇孺几乎人手一串。自琉璃厂中间往南一段则古玩摊咸在焉，厂东门内有火神庙，为高级古玩摊书摊所荟萃，至于琉璃厂，则自东至西一如平日，只是各店关门休息五天罢了。厂甸的情形真是五光十色，游人中各色人等都有，摆摊的也种种不同，适应他们的需要，儿歌中说得好：

新年来到，糖瓜祭灶。
姑娘要花，小子要炮。
老头子要戴新呢帽，
老婆子要吃大花糕。

至于我呢，我自己只想去看看几册破书，所以行踪总只在南新华街的北半截，迤南一带就不去看，若是火神庙，那简直是十里洋场，自然更不敢去一问津了。

说到厂甸，当然要想起旧历新年来。旧历新年之为世诟病也久矣，维新志士大有灭此朝食之概，鄙见以为可不必也。问这有多少害处？大抵答语是废时失业，花钱。其实最享乐旧新年的农工商，他们在中国是最勤勉的人，平日不像官吏教员学生有七日一休沐，真是所谓终岁作苦，这时候闲散几天也不为过，还有那些小贩趁这热闹要大做一批生意，那么正是他们工作最力之时了。过年的消费，据人家统计也有多少万，其中除神马炮仗等在我看了也觉得有点无谓外，大都是吃的穿的看的玩的东西，一方面需要者愿意花这些钱换去快乐，一方面供给者出卖货物得点利润，交易而退，各得其所，不见得有什么地方不对。假如说这钱花得冤了，那么一年里人要吃一千多顿饭，算是每顿一毛共计大洋百元，结果只做了几大缸粪，岂不也是冤枉透了吗？饭是活命的，所以大家以为应该吃，但是生命之外还该有点生趣，这才觉得生活有意义，小姑娘穿了布衫还要朵花戴戴，老婆子吃了中饭还想买块大花糕，就是为此。旧新年除与正朔不合外别无什么害处，为保存万民一点生趣起见，还是应当存留，不妨如从前那样称为春节，民间一切自由，公署与学校都该放假三天以至七天。——话说得太远了，还是回过来谈厂甸买书的事情吧。

厂甸的路还是有那么远，但是在半个月中，我去了四次，这与玄同半农诸公比较不免是小巫之尤，不过在我总是一年里的最高纪录了。二月十四日是旧元旦，下午去看一次，十八十九二十五这三天又去，所走过的只是所谓书摊的东路西路，再加上土地祠，大约每走一转，要花费三小时以上。所得的结果并不很好，原因是近年较大的书店都矜重起来，不来摆摊，摊上书少而价高，像我这样“爬螺蛳船”的渔人无可下网。然而也获得几册小书，觉得聊堪自慰。其一是《戴氏注论语》二十卷合订一册，大约是戴子高送给谭仲修的吧，上边有“复堂所藏”及“谭献”两方印。这书摆在东路南头的一个摊上，我问一位小伙计要多少钱，他一查书后粘着的纸片上所写“美元”字样，答说五元。我嫌贵，他说他也觉得有点贵，但是定价要五元。我给了两元半，他让到四元半，当时就走散了。后来把这件事告诉玄同，请他去巡阅的时候留心一问，承他买来就送给我，书末写了一段题跋云：

民国廿三年二月廿日启明游旧都厂甸肆，于东莞伦氏之通学斋书摊，见此谭仲修丈所藏之戴子高先生《论语注》，悦之，以告玄同，翌日廿一玄同住游，遂购而奉赠启明。

跋中廿日实是十九，盖廿日系我写信给玄同之日耳。

其二是《白华绛柎阁诗》十卷，二册一函。此书我已前有，今偶然看见，问其价亦不贵，遂以一元得之。《越缦堂诗话》的编者虽然曾说：“清季诗家以吾越李莼客先生为冠，《白华绛柎阁集》近百年来无与辈者”，我于旧诗是门外汉，对于作者自己“夸诩殆绝”的七古，更不知道其好处，今买此集亦只是乡曲之见。诗中多言及故乡景物，殊有意思，如卷二《夏日行柯山里村》一首云：“溪桥才度庳篷船，村落阴阴不见天。两岸屏山浓绿底，家家凉阁听鸣蝉。”很能写出山乡水村的风景，但是不到过的，也看不出好来吧。

其三是两册丛书零种，都是关于陆氏《草木鸟兽虫鱼疏》的，即焦循的《诗陆氏疏疏》“南菁丛刻”本，与赵佑的《毛诗陆疏校正》聚学轩本。我向来很喜欢陆氏的虫鱼疏，只是难得好本子，所有的就是毛晋的《陆疏广要》和罗振玉的新校正本，而罗本又是不大好看的仿宋排印的，很觉得美中不足。赵本据《郘亭书目》说它好，焦本列举引用书名，其次序又依《诗经》重排，也有它的特长，不过收在大部丛书中，无从抽取，这回都得到了，正是极不易遇的偶然。翻阅一过，至“流离之子”一条，赵氏案语中云：“窃以鸮枭自是一物，今俗所谓猫头鹰，……哺其子既长，母老不能取食以应子求，则挂身树上，子争啖之飞去，其头悬着枝，故字从木上鸟，而枭首之象取之。”猫头鹰之被诬千余年矣，近代学者也还承旧说，上文更是疏状详明有若目击，未免可笑。学者笺经非不勤苦，而于格物欠下功夫，往往以耳为目。赵书成于乾隆末，距今百五十年矣，或者亦不足怪，但不知现在何如，相信枭不食母与乌不反哺者，现在可有多少人也。

巴黎的书摊

文 / 戴望舒

在滞留巴黎的时候，在羁旅之情中可以算作我的赏心乐事的有两件：一是看画，二是访书。在索居无聊的下午或傍晚，我总是出去，把我迟迟的时间消磨在各画廊中和河沿上的书摊。关于前者，我想在另一篇短文中说及，这里，我只想来谈一谈访书的情趣。

其实，说是“访书”，还不如说在河沿上走走或在街头巷尾的各旧书铺进出而已。我没有要觅什么奇书孤本的蓄心，再说，现在已不是在两个铜圆一本的木匣里翻出一本 Patissier Francois 的时候了。我之所以这样做，无非为了自己的癖好，就是摩挲观赏一回空手而返，私心也是很满足的，况且薄暮的塞纳河又是这样地窈窕多姿！

我寄寓的地方是Rue del`Echaudé，走到塞纳河边的书摊，只需沿着塞纳路步行约莫三分钟就到了。但是我不大抄这近路，这样走的时候，塞纳路上的那些画廊总会把我的脚步牵住的，再说，我有一个从头看到尾的癖，我宁可兜远路顺着约可伯路、大学路一直走到巴克路，然后从巴克路走到王桥头。

塞纳河左岸的书摊便是从那里开始的，从那里到加路赛尔桥，可以算是书摊的第一个地带，虽然位置在巴黎的贵族的第七区，却一点也找不出冠盖的气味来。

在这一地带的书摊，大约可以分这几类：第一是卖廉价的新书的，大都是各书店出清的底货，价钱的确公道，只是要你会还价，例如，旧书铺里要卖到五六百法郎的勒纳尔（J. Renard）的《日记》，在那里你只需花二百法郎光景就可以买到，而且是崭新的。我的加梭所译的赛尔房德思的《模范小说》，整批的《欧罗巴杂志丛书》，便都是从那儿买来的。这一类书在别处也有，只是没有这一带集中。

其次是卖英文书的，这大概和附近的外交部或奥莱昂车站多少有点关系吧。可是这些英文书的买主却并不多，所以花两三个法郎从那些冷清清的摊子里把一本初版本的《万牲园里的一个人》带回寓所去，这种机会也是常有的。

第三是卖地道的古版书的，十七世纪的白羊皮面书，十八世纪饰花的皮脊书，等等，都小心地盛在玻璃的书柜里，上了锁，不能任意地翻看，其他价值较次的古书，则杂乱地在木匣中堆积着。对着这一大堆你挨我挤着的古老的东西，真不知道如何下手。这种书摊前比较热闹一点，买书的大多数是中年人或老人。这些书摊上的书，如果书摊主是知道值钱的，你便会被他敲了去，如果他不识货，你便占了便宜来。我曾经从那一带的一位很精明的书摊老板手里，花了五个法郎买到一本一七六五年初版本的 Du Laurens 的 *Imirce*，至今犹有得意之色：第一因为 *Imirce* 是一部禁书，其次这价钱实在太便宜也。

第四类是卖淫书的，这种书摊在这一带上只有一两个，而所谓淫书者，实际也仅仅是表面的，骨子里并没有什么了不得，大都是现代人的东西，与来骗骗人的。记得靠近王桥的第一家书摊就是这一类的，老板娘是一个四五十岁的老婆，当我有一回逗留了一下的时候，她就把我当作好主顾而怂恿我买，使我留下极坏的印象，以后就敬而远之了。其实那些地道的“珍秘”的书，如果你不愿出大价钱，还是要费力气角角落落去寻的，我曾在一家犹太人开的破货店里的一大堆废书中，翻到过一本原文的 Cleland 的 *Fanny Hill*，只出了一个法郎便买了回来，真是意想不到的事。

从加路赛尔桥到新桥，可以算是书摊的第二个地带。在这一带，对面的美术学校和钱币局的影响是显著的。在这里，书摊老板是兼卖版画图片的，有时小小的书摊上挂得满目琳琅，原张的蚀雕，从书本上拆下的插图，戏院的招贴，花卉鸟兽人物的彩图，地图、风景片，大大小小各色俱全，反而把书列居次位了。

在这些书摊上，我们是难得碰到什么值得一翻的书的，书都破旧不堪，满是灰尘，而且有一大部分是无用的教科书，展览会和画商拍卖的目录。

此外，在这一带，我们还可以发现两个专卖旧钱币纹章等而不卖书的摊子，夹在书摊中间，作一个很特别的点缀。这些卖画卖钱币的摊子，我总是望望然而去之的，记得有一天一位法国朋友拉着我在这些钱币摊子前逗留了长久，他看得津津有味，我却委实十分难受，以后到河沿上走，总不愿和别人一道了。

然而在这一带，却也有一两个很好的书摊子。一个摊子是一个老年人摆的，并不是他的书特别比别人丰富，却是他为人特别和气，和他交易，成功的回数居多。我有一本高克多（Coclcau）亲笔签字赠给诗人费尔囊·提华尔（Fernand Divoire）的 *Le Grund Ecurt*，便是从他那儿以极廉的价钱买来的，而我在加里马尔书店买的高克多亲笔签名赠给诗人法尔格（Fargue）的初版本 *Opera*，却使我花了七十法郎。但是我相信这是他错给我的，因为书是用蜡纸包皮封着，他没有拆开来看一看；看见了那献辞的时候，他也许不会这样便宜卖给我。

另一个摊子是一个青年人摆的，书的选择颇精，大都是现代作品的初版和善本，所以常常得到我的光顾。我只知道这青年人的名字叫昂德莱，因为他的同行们这样称呼他，人很圆滑，自言和各书店很熟，可以弄得到价廉物美的后门货，如果顾客指定要什么书，他都可以设法。可是我请他弄一部《纪德全集》，他始终没有给我办到。

可以划在第三地带的是从新桥经过圣米式尔场到小桥这一段。这一段是塞纳河左岸书摊中最繁荣的一段。在这一带，书摊都比较整齐一点，而且方便也多一点，太太们家里没事想到这里来找几本小说消闲，也有；学生们贪便宜想到这里来买教科书参考书，也有；文艺爱好者到这里来寻几本新出版的书，也有；学者们要研究书，藏书家要善本书，猎奇者要珍秘书，都可在这一带满意而回。在这一带，书价是要比他处高一些，然而总比到旧书铺里去买便宜。健吾兄觅了长久，才在圣米式尔大场的一家旧书店中觅到了一部《龚果尔日记》，花了六百法郎喜欣欣地捧了回去，以为便宜万分，可是在不久之后，我就在这一带的一个书摊上发现了同样的一部，而装订却考究得多，索价就只要二百五十法郎，使他悔之不及。

可是这种事是可遇而不可求的，跑跑旧书摊的人第一不要抱什么一定的目的，第二要有闲暇有耐心，翻得有劲儿便多翻翻，翻倦了便看看街头熙来攘往的行人，看看旁边塞纳河静静的逝水，否则跑得腿酸汗流，眼花神倦，还是一场没结果回去。

话又说远了，还是来说这一带的书摊吧。我说这一带的书较别带为贵也不是胡说的，例如整套的 *Echanges* 杂志，在第一地带中买只需十五个法郎，这里却一定要二十个，少一个不卖；当时新出版原价是二十四法郎的Céline的*Voyage au bout de la nuit*（《茫茫黑夜漫游》），在那里买也非十八法郎不可，竟只等于原价的七五折。这些情形有时会令人生气，可是为了要读，也不得不买回去。价格最高的是靠近圣米式尔场的那两个专卖教科书参考书的摊子。学生们为了要用，也不得不硬了头皮去买，总比买新书便宜点。我从来没有做过这些摊子的主顾，反之他们倒做过我的主顾。因为我用不着的参考书，在穷极无聊的时候，总是拿去卖给他们的。这里，我要说一句公平话：他们所给的价钱的确比季倍尔书店高一点。

这一带专卖近代善本书的摊子只有一个，在过了圣米式尔场不远快到小桥的地方。摊主是一个不大开口的中年人，价钱也不算顶贵，只是他一开口，你就莫想还价：就是答应你，也还是相差有限的，所以看着他陈列着的《泊鲁思特全集》，插图的《天方夜谭》全译本，Chirico插图的阿波利奈尔的*Calligrammes*，也只好眼红而已。在这一带，诗集似乎比别处多一些，名家的诗集花四五个法郎就可以买一册回去，至于较新一点的诗人的集子，你只要到一法郎或甚至五十生丁的木匣里去找就是了。我的那本仅印百册的Jean Gris插图的Reverdy的《沉睡的古琴集》，超现实主义诗人Gui Rosey的《三十年战争集》，等等，便都是从这些廉价的木匣子里翻出来的。还有，我忘记说了，这一带还有一两个专卖乐谱的书铺，只是对于此道我是门外汉，从来没有去领教过吧。

从小桥到须里桥那一段，可以算是河沿书摊的第四地带，也就是最后的地带。从这里起，书摊便渐渐地趋于冷落了。在近小桥的一带，你还可以找到一点你所需要的东西，例如有一个摊子就有大批 N.R.F. 和 Crassct 出版的书，可是那位老板娘讨价却实在太狠，定价十五法郎的书总要讨你十二三个法郎，而且又往往要自以为在行，凡是她心目中的现代大作家，如摩里向克、摩洛阿、爱眉（Ayme）等，就要敲你一笔竹杠，一点也不肯让价；反之，像拉尔波、茹昂陀、拉第该、阿朗等优秀作家的作品，她倒肯廉价卖给你。

从小桥一带再走过去，便每况愈下了。起先虽然是没有什么好书，但总还能维持河沿书摊的尊严的摊子，以后呢，卖破旧不堪的通俗小说杂志的也有了，卖陈旧的教科书和一无用处的废纸的也有了，快到须里桥那一带，竟连卖破铜烂铁、旧摆设、假古董的也有了；而那些摊子的主人呢，他们的样子和那在下面塞纳河岸上喝劣酒、钓鱼或睡午觉的街头巡阅使（Clochard），简直就没有什么两样。

到了这个时候，巴黎左岸书摊的气运已经尽了，你的腿也走乏了，你的眼睛也看倦了，如果你袋中尚有余钱，你便可以到圣日耳曼大街口的小咖啡店里去坐一会儿，喝一杯热热的浓浓的咖啡，然后把你沿路的收获打开来，预先摩挲一遍，否则如果你已倾了囊，那么你就走上须里桥去，倚着桥栏，俯瞰那满载着古愁并饱和着圣母祠的钟声的塞纳河的悠悠的流水，然后在华灯初上之中，闲步缓缓归去，倒也是一个经济而又有诗情的办法。

说到这里，我所说的都是塞纳河左岸的书摊，至于右岸的呢，虽则有从新桥到沙德莱场，从沙德莱场到市政厅附近这两段，可是因为传统的关系，因为所处的地位的关系，也因为货色的关系，它们都没有左岸的重要。

只在走完了左岸的书摊尚有余兴的时候或从卢佛尔（Louvre）出来的时候，我才顺便去走走，虽然间有所获，如查拉的 *L`homme approximatif* 或卢梭的画集，但这是极其偶然的事，通常我不是空手而归，便是被那街上的鱼虫花鸟店所吸引了过去。所以，原意去“访书”而结果买了一头红头雀回来，也是有过的事。

焚鹤人

文 / 余光中

一连三个下午，他守在后院子里那丛月季花的旁边，聚精会神做那只风筝。全家都很兴奋。全家，那就是说，包括他、雅雅、真真和佩佩。一放学回家，三个女孩子等不及卸下书包，立刻奔到后院子里来，围住工作中的爸爸。三个孩子对这只能飞的东西寄托很高的幻想，它已经成为她们的话题，甚至争论的中心。对于她们，这件事的重要性不下于太阳神八号的访月之行，而爸爸，满身纸屑，左手糨糊右手剪刀的那个爸爸，简直有点太空人的味道了。

可是他的兴奋，是记忆，而不是展望。记忆里，有许多云，许多风，许多风筝在风中升起。至渺至茫，逝去的风中逝去那些鸟的游伴，精灵的降落伞，天使的驹。对于他，童年的定义是风筝加上舅舅加上狗和蟋蟀。最难看的天空，是充满月光和轰炸机的天空。最漂亮的天空，是风筝季的天空。无意间发现远方的地平线上浮着一只风筝，那感觉，总是令人惊喜的。只要有一只小小的风筝，立刻显得云树皆有情，整幅风景立刻富有牧歌的韵味。如果你是孩子，那惊喜必然加倍。如果那风筝是你自己放上天去的，而且愈放愈高，风力愈强，那种胜利的喜悦，当然也就加倍亲切而且难忘。他永远忘不了在四川的那几年。丰硕而慈祥的四川，山如摇篮水如奶，取之不尽，用之不竭。

那时他当然不至于那么小，只是在记忆中，总有那种感觉。那是二次大战期间，西半球的天空，东半球的天空，机群比鸟群更多。他在高高的山国上，在宽阔的战争之边缘仍有足够的空间，做一个孩子爱做的梦。“男孩的意向是风的意向，少年时的思想是长长的思想。”少年爱做的事情，哪一样，不是梦的延长呢？看地图，是梦的延长。看厚厚的翻译小说，喃喃咀嚼那些多音节的奇名怪姓，是梦的延长。放风筝也是的。他永远记得那山国高高的春天。嘉陵江在千山万嶂里寻路向南，好听的水声日夜流着，吵得好静好好听，像在说：“我好忙，扬子江在山那边等我，猿鸟在三峡，风帆在武昌，运橘柑的船在洞庭，等我，海在远方。”春天来时总那样冒失而猛烈，使人大吃一惊。怎么一下子田里喷出那许多菜花，黄得好放肆，香得好恼人，满田的蜂蝶忙得像加班。邻村的野狗成群结党跑来追求他们的阿花，害得又羞又气的大人挥舞扫帚去打散它们。细雨霏霏的日子，雨气幻成白雾，从林木蓊郁的谷中冉冉蒸起。杜鹃的啼声里有凉凉的湿意，一声比一声急，连少年的心都给它拧得紧紧的好难受。

而最有趣的，该是有风的晴日了。祠堂后面有一条山路，蜿蜒上坡，走不到一刻钟，就进入一片开旷的平地，除了一棵错节盘根的老黄果树外，附近什么杂树也没有。舅舅提着刚完工的风筝，一再嘱咐他起跑的时候要持续而稳定，不能太骤，太快。他的心扑扑地跳，禁不住又回头去看那风筝。那是一只体貌清奇、风神潇洒的白鹤，绿喙赤顶，缟衣大张如氅。翼展怕不有六尺，下面更曳着两条长足。舅舅高举白鹤，双翅在暖洋洋的风中颤颤扑动。终于“一——二——三——”他拼命向前奔跑。不到十码，麻绳的引力忽然松弛，也就在同时，舅舅的喝骂在背后响起。舅舅追上来，检视落地的鹤有没有跌伤，一面怪他太不小心。再度起跑时，他放慢了脚步，不时回顾，一面估量着风力，慢慢地放线。舅舅迅疾地追上来，从他手中接过线球，顺着风势把鹤放上天去。线从舅舅两手钩住的筷子上直滚出去，线球辘轳地响。舅舅又曳线跑了两次，终于在平岗顶上站住。那白鹤羽衣蹁跹，扶摇直上，长足在风中飘扬。他兴奋得大嚷，从舅舅手中抢回线去。风力愈来愈强，大有跟他拔河的意思。好几次，他以为自己要离地飞起，吓得赶快还给了舅舅。舅舅把线在黄果树枝上绕了两圈，将看守的任务交给老树。

“飞得那样高？”四岁半的佩佩问道。

“废话！”真真瞪了她一眼，“爸爸做的风筝怎么会飞不高？真是！”

“又不是爸爸的舅舅飞！是爸爸的舅舅做的风筝！你真是笨屁瓜！”十岁的雅雅也纠正她。

“你们再吵，爸爸就不做了！”他放下剪刀。

小女孩们安静下来。两只黄蝴蝶绕着月季花丛追逐。隔壁有人在练钢琴，柔丽的琴音在空中回荡。阿眉在厨房里煎什么东西，满园子都是葱油香。忽然佩佩又问：

“后来那只鹤呢？”

后来那只风筝呢？对了，后来，有一次，那只鹤挂在树顶上，不上不下，一扯，就破了。他掉了几滴泪。舅舅也很怅然。他记得当时两人怔怔站在那该死的树下，久久无言。最后舅舅解嘲说，鹤是仙人的坐骑，想是我们的这只鹤终于变成灵禽，羽化随仙去了。第二天舅甥俩黯然曳着它的尸骸去秃岗顶上，将它焚化。一阵风来，黑灰满天飞扬，带点名士气质的舅舅，一时感慨，朗声吟起几句赋来。当时他还是高小的学生，不知道舅舅吟的是什么，后来年纪大些，每次念到“黄鹤一去不复返，白云千载空悠悠”，他就会想起自己的那只白鹤。因为那是他少年时唯一的风筝。当时他曾缠住舅舅，要舅舅再给他做一只。舅舅答应是答应了，但不晓得为什么，自从那件事后，似乎意兴萧条，始终没有再为他做。人生代谢，世事多变，一个孩子少了一只风筝，又算得了什么呢？不久他去十五里外上中学，寄宿在校中，不常回家，且换了一批朋友，也就把这件事渐渐淡忘了。等到他年纪大得可以欣赏舅舅那种亭亭物外的风标，和舅舅发表在刊物上但始终不会结集的十几篇作品时，舅舅却已死了好几年了。舅舅死于飞机失事。那年舅舅才三十出头，从香港乘飞机去美国，正待一飞冲天，游乎云表，却坠机焚伤致死。

“后来那只鹤——就烧掉了。”他说。

三个小女孩给妈妈叫进屋里去吃煎饼。他一个人留在园子里继续工作。三天来他一直在糊制这只鹤，禁不住要一一追忆当日他守望舅舅工作时的那种热切心情。他希望，凭着自己的记忆，能把眼前这只风筝做得跟舅舅做的那只一模一样。也许这愿望在他的心底已经潜伏了二十几年了。他痛切感到，每一个孩子至少应该有一只风筝，在天上，云上，鸟上。他朦朦胧胧感到，眼前这只风筝一定要做好，要飞得高且飞得久，这样，才对得起三个孩子，和舅舅，和自己。当初舅舅为什么要做一只鹤呢？他一面工作，一面这样问自己。他想，舅舅一定向他解释过的，只是他年纪太小，也许不懂，也许不记得了。他很难决定：放风筝的人应该是哲学家，还是诗人？这件事，人做一半，风做一半，谋事在人，成事在天。表面上，人和自然是对立的，因为人要拉住风筝，而风要推走风筝，但是在一拉一推之间，人和自然的矛盾竟形成新的和谐。这种境界简直有点形而上了。但这种经验也是诗人的经验，他想。一端是有限，一端是无垠。一端是微小的个人，另一端，是整个宇宙，整个太空的广阔与自由。你将风筝，不，自己的灵魂放上去，放上去，上去，更上去，去很冷很透明的空间，鸟的青衢云的千叠蜃楼和海市。最后，你的感觉是和天使在通电话，和风在拔河，和迷迷茫茫的一切在心神交驰。这真是最最快意的逍遥游了。而这一切一切神秘感和超自然的经验，和你仅有一线相通，一瞬间，分不清是风云攫去了你的心，还是你掳获了长长的风云。而风云团仍在天上，你仍然立在地上。你把自己放出去，你把自己收回来。你是诗人。

太阳把金红的光收了回去。月季花影爬满他一身。弄琴人已经住手。有鸟雀飞回高挺的亚历山大椰顶，似在交换航行的什么经验。啾啾哱哱。喊喊喳喳唧唧。黄昏流行的就是这种多舌的方言，鸟啊鸟啊他在心里说，明天在蓝色方场上准备欢迎我这只鹤吧。

终于走到了河堤上，他和女孩子们。三个小女孩尤其兴奋。早餐桌上，她们已经为这件事争论起来。真真说，她要第一个起跑。雅雅说真真才七岁，拉不起这么大的风筝。一路上小佩佩也嚷个不停，要爸爸让她拿风筝。她坚持说，昨夜她做了一个梦，梦见自己一个人把风筝“放得比气球还高”。

“你人还没有风筝高，怎么拿风筝？不要说放了。”他说。

“我会嘛！我会嘛！”四月底的风吹起佩佩的头发，像待飞的翅膀。半上午的太阳在她多雀斑的小鼻子上蒸出好些汗珠子。迎着太阳她直霎眼睛。星期天，河堤很少车辆。从那边违建的小木屋里，来了两个孩子，跟在风筝后面，眼中充满羡慕的神色。男孩约有十二三岁，平头，拖一双木屐。女孩只有六七岁的样子，两条辫子翘在头上。他举着那只白鹤，走在最前面。绿喙，赤冠，玄裳，缟衣，下面垂着两条细长的腿，除了张开的双翼稍短外，这只白鹤和他小时候的那只几乎完全一样。那就是说，隔了二十多年，如果他没有记错的话。

“雅雅，”他说，“你站在这里，举高一点。不行，不行，不能这样拿。对了，就像这样。再高一点。对了。我数到三，你就放手。”

他一面向前走，一面放线。走了十几步，他停下来，回头看着雅雅。雅雅正尽力高举白鹤。鹤首昂然，车轮大的翅膀在河风中跃跃欲起，佩佩就站在雅雅身边。一瞬间，他幻觉自己就是舅舅，而站在风中稚髫飘飘的那个热切的孩子，就是二十多年前的自己。握着线，就像握住那一端的少年时代。在心中他默祷说：“这只鹤献给你，舅舅。希望你在那一端能看见。”

然后他大声说，“一——二——三！”便向前奔跑起来，立刻他听见雅雅和真真在背后大声喊他，同时手中的线也松下来。他回过头去。白鹤正七歪八斜地倒栽落地。他跑回去。真真气急败坏地迎上来，手里曳着一只鹤腿。

“一只腿掉了！一只腿掉了！”

“怎么搞的？”他说。

“佩佩踩在鸟的脚上！”雅雅惶恐地说，“我叫她走开，她不走！”

“姐姐打我！姐姐打我！”佩佩闪着泪光。

“叫你举高点嘛，你不听！”他对雅雅说。

“人家手都举酸了。佩佩一直挤过来。”

“这好了。成了个独脚鹤。看怎么飞得起来！”他不悦地说。

“我回家去拿胶纸好了。”真真说。

“那么远！路上又有车。你一个人不能——”

“我们有糨糊。”看热闹的男孩说。

“不行，糨糊一下子干不了。雅雅，你的发夹给爸爸。”

他把断腿夹在鹤腹上。他举起风筝。大白鹤在风中神气地昂首，像迫不及待要乘风而去。三个女孩拍起手来。佩佩泪汪汪地笑起来。违建户的两个孩子也张口傻笑。

“这次该你跑，雅雅。”他说，“听我数到三就跑。慢慢跑，不要太快。”

雅雅兴奋得脸都红了。她牵着线向前走。其他的孩子跟上去。

“好了好了。大家站远些！雅雅小心啊！一——二——三！”他立刻放开手。雅雅果然跑了起来。没有十几步，白鹤已经飘飘飞起。他立刻追上去。忽然窜出一条黄狗，紧贴在雅雅背后追赶，一面兴奋地吠着。雅雅吓得大叫爸爸。正惊乱间，雅雅绊到了什么，一跤跌了下去。

他厉声斥骂那黄狗，一面赶上去，扶起雅雅。

“不要怕，不要怕，爸爸在这里。我看看呢。膝盖头擦破一点皮。不要紧，回去搽一点红药水就好了。”

几个小孩合力把黄狗赶走，这时，都围拢来看狼狈的雅雅。佩佩还在骂那只“臭狗”。

“你这个烂臭狗！我教我们的大鸟来把你吃掉！”真真说。

“傻丫头，乱叫什么！这次还是爸爸来跑吧。”说着他捡起地上的风筝，和滚在一旁的线球。左边的鹤翅挂在一丛野草上，勾破了一个小洞。幸好出事的那只腿还好好地别在鹤身上。

“姐姐跌痛了，我来拿风筝。”真真说。

“好吧。举高点，对了，就这样。佩佩让开！大家都走开些！我要跑了！”

他跑了一段路，回头看时，那白鹤平稳地飞了起来，两只黑脚荡在半空。孩子们拍手大叫。他再向前跑了二三十步，一面放出麻索。风力加强。那白鹤很潇洒地向上飞升，愈来愈高，愈远，也愈小。孩子们高兴得跳起来。

“爸爸，让我拿拿看！”佩佩叫。

“不行！该我拿！”真真说。

“你们不会拿的，”他把线球举得高高的，“手一松，风筝不晓得要飞到哪里去了。”

忽然孩子们惊呼起来。那白鹤身子一歪，一条细长而黑的东西悠悠忽忽地掉了下来。

“腿又掉了！腿又掉了！”大家叫。接着那风筝失神落魄地向下堕落。他拉着线向后急跑，竭力想救起它。似乎，那白鹤也在做垂死的挣扎，向四月的风。

“挂在电线上了！糟了！糟了！”大家嚷成一团，一面跟着他向水田的那边冲去，野外激荡着人声，狗声。几个小孩子挤在狭窄的田埂上，情急地嘶喊着，绝望地指划着倒悬的风筝。

“用劲一拉就下来了，爸爸！”

“不行不行！你不看它缠在两股电线中间去了？一拉会拉破的。”

“会掉到水里去的。”雅雅说。

“你这个死电线！”真真哭了起来。

他站在田埂头上，茫然握着松弛的线，看那狼狈而褴褛的负伤之鹤倒挂在高压线上，仅有的一只脚倒折过来，覆在破翅上面。那样子又悲惨又滑稽。

“死电线！死电线！”佩佩附和着姐姐。

“该死的电线！我把你一起剪断！”真真说。

“没有了电线，你怎么打电话，看电视——”

“我才不要看电视呢！我要放风筝！”

这时，田埂上，河堤上，草坡上，竟围来了十几个看热闹的路人。也有几个是从附近的违建户中闻声赶来。最早的那个男孩子，这时拿了一根晒衣服的长竹竿跑了来。他接过竹竿，踮起脚尖试了几次，始终够不到风筝。忽然，他感到体重失去了平衡，接着身体一倾，左脚猛向水田里踩去。再拔出来时，裤脚管、袜子、鞋子，全浸了水和泥。三个女孩子惊叫一声，向他跑来。到了近处，看清他落魄的样子，真真忽然笑出声来。雅雅忍不住也笑起来，一面叫：

“哎呀，你看这个爸爸！看爸爸的裤子！”

接着佩佩也笑得拍起手来，看热闹的路人全笑起来，引得草坡上的黄狗汪汪而吠。

“笑什么！有什么好笑！”他气得眼睛都红了。雅雅、真真、佩佩吓了一跳，立刻止住了笑。他拾起线球，大喝一声“下来！”使劲一扯那风筝。只听见一阵纸响，那白鹤飘飘忽忽地栽向田里。他拉着落水的风筝，施刑一般跑上坡去。白鹤曳着褴褛的翅膀，身不由己地在草上颠踬扑打，纸屑在风中扬起，落下。到了堤上，他把残鹤收到脚边。

“你这该死的野鸟，”他暴戾地骂道。“我看你飞到哪里去！”他举起泥浆浓重的脚，没头没脑向地上踩去，一面踩，一面骂，踩完了，再狠命地猛踢一脚，鹤尸向斜里飞了起来，然后木然倒在路边。

“回家去！”他命令道。

三个小女孩惊得呆在一旁，满眼闪着泪水。这时才忽然醒来。雅雅捡起面目全非的空骸。真真捧着纠缠的线球。佩佩牵着一只断腿。三个女孩子垂头丧气跟在余怒犹炽的爸爸后面，在旁观者似笑非笑似惑非惑的注视中，走回家去。

午餐桌上没有一个人说话。只有碗碟和匙箸相触的声音。女孩子都很用心地吃饭，连佩佩也显得很文静的样子在喝汤。这情形，和早餐桌上的兴奋与期待，形成了尖锐的对照。幸好妈妈不在家吃午饭，这种反常的现象，不需要向谁解释。三个孩子的表情都很委屈。真真泪痕犹在，和尘土混凝成一条污印子。雅雅的脸上也没有洗，头发上还黏着几茎草叶和少许泥土。这才想起，她的膝盖还没有搽药水。佩佩的鼻子上布满了雀斑和汗珠。她显然在想刚才的一幕，显然有许多问题要问，但不敢提出来，只能转动她长睫下的灵珠，扫视着墙角。顺着她的眼光看去，他看见那具已经支离残缺的鹤尸，僵倚在墙角的阴影里。他的心中充满了歉疚和懊悔。破坏和凌虐带来的猛烈快感，已经舍他而去。在盛怒的高潮，他觉得理直气壮，可以屠杀所有的天使。但继之而来的是迟钝的空虚。那鹤尸，那一度有生命有灵性的鹤骨，将从此弃在阴暗的一隅，任蜘蛛结网，任蚊蝇休憩，任蟑螂与壁虎与鼠群穿行于肋骨之间？伤害之上，岂容再加侮辱？

他放下筷子，推椅而起。

“跟爸爸来。”他轻轻说。

他举起鹤尸。他缓缓走进后园。他将鹤尸悬在一株月桂树上。他点起火柴，鹤身轰地一响烧了起来。然后是左翼。然后是熊熊的右翼。然后是仰睨九天的鹤首。女孩子们的眼睛反映着火光。飞扬的黑灰白烟中，他闭起眼睛。

“原谅我，白鹤。原谅我，舅舅。原谅我，原谅无礼的爸爸。”

“爸爸在念什么嘛？”真真轻轻问雅雅。

“我要放风筝，”佩佩说，“我要放风筝。”

“爸爸，再做一只风筝，好不好？”

他没有回答，他不知道该怎么回答才好。他不知道，线的彼端究竟是什么？他望着没有风筝的天空。

一九六九年元旦

照夜白

文 / 刘墉

十五年前，她丈夫遽逝之后，每次朋友操心他们母子的生活，她都笑笑说："还好！我老公留下一卷名画，值不少钱，真急了，大不了卖掉。"她的儿子想必也知道，提到如果考不上公立大学，私立的学费不低，也自信满满："还好！我爸留下一卷好画，大不了卖了。"

有一天，她果然抱着一个匣子来找我，一边打开盖子，一边说："不得已，得卖了，您看看值多少？"她小心翼翼地拿出个手卷，题签上写着《韩干照夜白》，我一怔，沉吟道："韩干照夜白？韩干是唐代画马的名家。"

“是啊！所以我丈夫说是国宝级的。”

我没吭气，慢慢打开手卷，看了不到一米，已经确定：假的！且不说画笔不精，连伪刻的印章都拙陋。

只是我不知该怎么说。

偏偏她还喜滋滋地指着画：“乾隆皇帝也收藏过！”

我犹豫再三，还是心一横说：“抱歉！我得告诉您实话，这是假的！”

她的脸一下子苍白了，扶着桌子往下坐，没坐上椅子，滑到了地上。我赶紧过去扶，她却把手一挥，蒙着脸。

看不见她的表情，看到的是一片花白的头发。

“您确定？”她低着头问。

“确定！而且这是仿的，原件藏在纽约大都会博物馆。”

她没再说，站起身，以很快的速度收好那卷画，临走，用硬硬的声音说：“求求您！可别让我儿子知道，他要是问，就说是真的。”

后来有一次遇上他们母子，谈到留学，那大男生又自信满满地说：“我们不怕！我们有爸爸留下的无价之宝。”

我立刻心一揪。

今年二月，我去纽约大都会博物馆，才走进明轩，就看见一位男士正贴着橱窗看那幅著名的手卷。画中是骠壮硕骏、鬃毛直立、昂首扬蹄，想要挣脱缰索的白马。旁边有南唐李后主书《韩干画照夜白》。

男士见我靠近，微微让位，抬头，挺面熟，不是……

“我妈去年过世了，也是心脏病，走得突然。”已经在大学教书的男士有点腼腆，“我特别从芝加哥过来看这幅画。”

“你们家……”

“我爸也留给我们一幅，假的，因为高中美术课本上印了这张画，我早就知道真迹在这儿。所幸我妈不知道，她一直认为是真的。”他笑笑，“也多亏那张假画，我怕我妈拿去卖，知道是假的，一下子崩溃，所以拼命用功，一路拿奖学金。”

“那张画……”

“我带来美国了，常看，觉得它比这幅真的还真，真是一匹仰首长嘶的照夜白。”

走出博物馆，我站在门口好几分钟，心想是不是该回去，告诉他，其实他妈妈早知道画是假的。只是又想起答应过他母亲……

眼前突然飘起密密的雪花……

话说知音

文 / 林非

两千多年前，这个关于知音的传说，已经深深地隐藏在多少华夏子孙的心坎里，有时发出细微的声响，让他们欣慰地咀嚼和回味；有时却又像飓风似的咆哮，催促他们赶快去付出行动。神往和渴求此种充满了崇高友情的知音，是一种多么纯洁和神圣的情操。

说的是春秋时期的伯牙，当他在小舟中专心致志地鼓琴，钟子期竟会听得如此的出神入化。他将仰慕着高山的情思注入音符时，钟子期立即慷慨激昂地吟咏着：“巍巍乎若泰山！”他挥舞手指弹出浩荡迸涌的水声时，钟子期又像是站在滚滚的江河之滨，禁不住心旷神怡地叫喊起来："汤汤乎若流水！"对这变幻无穷和神秘莫测的琴声，怎么能感应得如此丝毫不差，竟犹如从自己心弦上盘旋着飞翔出来的？如此神奇地领悟和熟稔着伯牙弹奏出来的袅袅情思，真像是变成了他的化身一般。如此难以寻觅的知音，怎能不让伯牙万分兴奋和感激呢？因此当钟子期死去之后，他就再也没有心思触摸琴弦了。深切地懂得自己的知音，也许是并不多的，怪不得唐代的诗人孟浩然要反复地感叹"恨无知音赏"和"知音世所稀"了。

我偶或在黝黑的深夜里浏览着《列子·汤问》和《吕氏春秋·本味》，思忖着知音这两个字眼的分量，想得心驰神往时，眼前似乎笼罩着一阵阵飘荡的云雾，在惝恍和朦胧中超越了时间的阻隔，觉得伯牙老人隐隐约约地从这两本典籍的字缝里走了出来，矍铄地站在我身旁。当我向他衷心地致敬时，多么想唐突地劝慰他，依旧要不断地奏出震撼人们灵魂的声音，其中自然应该有悼念那位知音的悲歌，让更多人更透彻地理解智慧的灵魂和丰盈的情感，是多么的值得怀念和尊重。这样美丽动人的乐曲，难道就不会熏陶出第二个、第三个直至更多的知音？而如果不再去弹奏这迷人的弦索，哪里还能引出心心相印的知音呢？知音总是愈多愈好的啊！

更何况伯牙学习鼓琴的道路实在是太艰辛了。我曾在《乐府解题》里看到类似的记载。据说他整整三年都困苦地弹奏着，琢磨着，冥想着，手指都开裂了，鲜血直往外冒，浑身都消瘦了，憔悴得像奄奄一息的病人。无论怎么向老师请教，琴弦上总是蹦出一丝丝浑浊和粗糙的声响。于是苦心孤诣的恩师带领他奔向波涛汹涌的东海，整日整夜在沙滩上踯躅，狂风吹肿了眼睛，暴雨淋湿了衣衫，烈日晒黑了皮肤，黯淡和凄惨的月光又使他迷失了道路，险些溺死在奔腾和呼啸的海浪中。这铺天盖地怒吼着的波涛，这茫茫无际漫延着的天涯，这扶摇直上哀号和翱翔着的鸥鸟，霍地使他开启了紧闭的心窍，琴声突然变得悠扬而又壮烈，清爽而又浩瀚，刚劲而又缠绵，悲切而又欢乐，我似乎瞧见了他无法遏止自己的眼泪往脸颊上滚滚流淌。像这样花费千辛万苦学得的技艺，轻易放弃了是多么重大的损失，艺术的途径必须不懈地坚持下去，在任何声色犬马的诱惑面前，都不能动摇和沉沦。

大凡能用声音、图画或文字去打动人们的艺术家，往往要历尽沧桑，甚至要闯过多少生死的关隘，还得在日后反复地揣摩，昼夜都不停歇。既然已经耗尽了毕生的心血，投入了如此艰巨的工夫，确实就应该永不停顿地奋斗下去，将自己美好和高尚的追求始终留存在人们心中，获得更多更多的知音。

书

文 / 朱湘

拿起一本书来，先不必研究它的内容，只是它的外形，就已经很够我们赏鉴的了。

那眼睛看来最舒服的黄色毛边纸，单是纸色已经在我们的心目中引起一种幻觉，令我们以为这书是一个逃免了时间之摧残的遗民。他所以能幸免而来与我们相见的这段历史的本身，就已经是一本书，值得我们的思索、感叹，更不须提起它的内含的真或美了。

还有那一个个正方的形状，美丽的单字，每个字的构成都是一首诗；每个字的沿革都是一部历史。飙是三条狗的风：在秋高草枯的旷野上，天上是一片青，地上是一片赭，中疾的猎犬风一般快地驰过，嗅着受伤之兽在草中滴下的血腥，顺了方向追去，听到枯草飒索地响，有如秋风卷过去一般。昏是婚的古字：在太阳下了山，对面不见人的时候，有一群人骑着马，擎着红光闪闪的火把，悄悄向一个人家走近。等着到了竹篱柴门之旁的时候，在狗吠声中，趁着门还未闭，一声喊齐拥而入，让新郎从打麦场上挟起惊呼的新娘打马而回。同来的人则抵挡着新娘的父兄，做个不打不成交的亲家。

印书的字体有许多种：宋体挺秀有如柳字，麻沙体夭娇有如欧字，书法体娟秀有如褚字，楷体端方有如颜字。楷体是最常见的了。这里面又分出许多不同的种类来：一种是通行的正方体；还有一种是窄长的楷体，棱角最显；一种是扁短的楷体，浑厚颇有古风。还有写的书：或全体楷体，或半楷体，它们不单看来有一种密切的感觉，并且有时有古代的写本，很足以考证今本的印误，以及文字的假借。

如果在你面前的是一本旧书，则开章第一篇，你便将看见许多朱色的印章，有的是雅号，有的是姓名。在这些姓名别号之中，你说不定可以发现古代的收藏家或是名倾一世的文人，那时候你便可以让幻想驰骋于这朱红的方场之中，构成许多缥缈的空中楼阁来。还有那些朱圈，有的圈得豪放，有的圈得森严，你可以就它们的姿态，以及它们的位置，悬想出读这本书的人是一个少年，还是老人；是一个放荡不羁的才子，还是老成持重的儒者。你也能借此揣摩出这主人公的命运：他的书何以流散到了人间？是子孙不肖，将它舍弃了？是遭兵逃反，被一班庸奴偷窃出了他的藏书楼？还是运气不好，家道中衰，自己将它售卖了，来填偿债务，或是支持家庭？书的旧主人是这样。我呢？我这书的今主人呢？他当时对着雕花的端砚，拿起新发的朱笔，在清淡的炉香气息中，圈点这本他心爱的书，那时候，他是绝想不到这本书的未来命运。他自已的未来命运，是个怎样的结局；正如现在读着这本书的我，不能知道我未来的命运将要如何一般。

更进一层，让我们来想象那作书人的命运：他的悲哀，他的失望，无一不自然地流露在这本书的字里行间。让我们读的时候，时而跟着他啼，时而为他扼腕叹息。要是不幸上再加上不幸，遇到秦始皇或是董卓，将他一生心血呕成的文章一把火烧为乌有；或是像《金瓶梅》《红楼梦》《水浒》一般命运，被浅见者标作禁书，那更是多么可惜的事情啊！

天下事真是不如意的多。不讲别的，只说书这件东西，它是再与世无争也没有的了，也都要受这种厄运的摧残。至于那琉璃一般脆弱的美人，白鹤一般兀傲的文士，他们的遭忌更是不言而喻了。试想含意未申的文人，他们在不得意时，有的采樵，有的放牛，不仅无异于庸人，并且备受家人或主子的轻蔑与凌辱，然而他们天生性格倔强，世俗越对他白眼，他却越有精神。他们有的把柴挑在背后，拿书在手里读；有的骑在牛背上，将书挂在牛角上读；有的在蚊声如雷的夏夜，囊了萤照着书读；有的在寒风冻指的冬夜，拿了书映着雪读。然而时光是不等人的，等到他们学问已成的时候，眼睛早已花了，头发早已白了，只是在他们的额头上新添加了一些深而长的皱纹。

咳！不如趁着眼睛还清朗，鬓发尚未成霜，多读一些“人生”这本书吧！

信

文 / 方令孺

这几天，秋的使者来了，绵绵的小雨像是谁的泪。今早云中露出日光，颜色惨白，街上水车同短笛的声音都呈现颓丧的情调，我心里凄凉。我叹息炎夏的消逝，夏，有时会烧灼我的心而忘掉生命的冷寂。

漫哉，我不愿一位精神奕奕的年轻人受一点病的磨难，我哀怜，如果在这荒漠里能掇得一朵花，我愿意献给这受磨难的人。

这几天因为贪看 Flaubert's Madame Bovary[①]疏忽了给你写信。这是一本名著，是一个不幸的故事，我所赞美的是作者的艺术，他把全书的情节用一根

---

① 福楼拜的《包法利夫人》。

巧妙的线索连贯着，好像一串珍珠，珠子的形色不一样，但是提起来，有次序，也有色彩。我晚上看到眼睛不能睁的时候，才把书合上，带着书里的忧愁入梦；早上在鱼白的光里，我坐起读，今天看完了，这一种紧张的心，也像秋蝉一样，带着尾声，在绿叶里消失。但是这松懈的心情使我觉得异常无味。

我发现生活是不能悠闲，要忙，要复杂。小小的园林，养花饲鸟，不是我们这一代的人所能满足的，那里没有创造，没有喜悦，所以 Creation and Recreation ①这两个字，是同人的生命织在一起，少一，都教生命有缺陷。为这思想，我常常痛苦，常常同环境起冲突……

傍晚，我一个人走上这园后的高台，静默地看那深红的晚霞横陈在一丛黑树的后面，河里的水平静到一点细纹都没有，树叶在我耳边发出温柔的叹息。在台下，来了人说话的声音，他们说什么，我是不管，只是那声音太笨重，像人在石子路上走，没有韵律，没有变化，我不能忍，就离开。

说也奇，我能忍受极复杂强烈的声音，可是不能忍受一成不变的单调。有一次我在一个大城里过年，除夕夜半我走进剧院，人是拥挤得教我不能吐气。他们不管老少，就像疯了一样吹号筒，响口笛，奏各种不同的乐器，他们要使空间充满着喧嚣，好像这喧嚣能把时间抓住，我坐在一个角上，心理同他们完全不同，比平时更清醒，更寂寞，听他们做出的声音，像是

---

① 创造和再创造。

在别一个世界上。那些胖的，黑的，长的，短的，戏子在台上舞，笑，唱；但是在我看来，他们都是绸子做的傀儡，头上同四肢都有一根看不见的线在那里扯着他们动——可怜，驯服地被动着！我信，他们的心，一定同我一样，冰冷。还有，几年前，我生病睡在医院里，我的房在第六层楼上，窗外正在建造一座新屋，土匠用机器挑土，那一声声尖锐的音挤进我的心灵，我每天一到破晓就哭，我厌恨那恼人的单调。

我对于人生也就有同样的感想。

说起生命，是一个不可解的谜！我们爱它，却又憎恶它，到底为什么爱，又为什么憎？记得Stevenson（史蒂文森）说：

我们看戏以种种意义解释生命，直等到厌倦为止；我们可以用所有世界上哲学的名词来讨论，但有一个事实总是真的——就是我们不爱生命，在这意义上，我们太操心于生命的保存——再干脆说，我们不爱生命，只是生存。

是的，我们爱的不是这固有的生命，我们爱的是这生存的趣味。我想，生存的趣味是由于有生命力。有一位哲学家解释生命说：Life is a permament possibility of sensaton.[①]自然，我们爱生命绝不是为这肤浅的感观上的愉快，要不是这生命力驱策我们创造，勇敢地跨过艰难的险嶂，就是生，又有什么趣味！迟钝生命，就像一湾浊水，不新鲜，又不光彩。

① 生命是感觉的永久可能性。

月光

文 / 田汉

有许多人心里有什么不好过的事情的时候总爱喝酒，说因此可以忘记他的痛苦。但以他的经验，却不然，他越喝酒，心里越加明白。内心的悲哀不独不能因酒支吾过。而且因为酒的力量把妨碍悲哀之发泄的种种的顾虑全除去了，反显出他真确的姿态来。

他到这异乡的上海生活以来，不知不觉又过了两个节了。七月七刚过了，又是八月中秋，好快的日子！他的弟弟买了许多桂花来插在瓶里，摆在靠墙放置的桌上。没有读过什么书的弟弟也懂得色调的配合。他因嫌白壁太单调了，不足以显出桂花的好处来，便借邻居叶君的一块紫色的花布钉在墙上，那金黄的桂花得了紫色的衬托，果然越加夺目，萧索的寓楼中有了它发散出来的芳香，顿时温馨了许多。因为今晚是八月节，一定有清澄皎洁的月光不可辜负。和他同居的E君爱喝几杯，打了许多酒来，晚间便大吃大喝，他约莫也喝了斤把花雕，正如上面说的，将欲消愁，而愁的形态像雨过天晴的月色一样更加明显起来，他便倒在床上睡了。E君与他弟弟邀他到街头步月，他没有应他们，他们以为他睡着了，便不勉强他。他们去后，他起来拿起笔来要写一点东西，但是写不了，头好像有一点痛，便熄了电灯，依然睡在床上，电灯一黑，那清圆的好月立刻趁着它那放射的银线由窗子里跳进他房里来，吻着他的床。他此时的心里虽因喝了酒愈加明白，但在他眼里的月的姿态却模糊起来了。

“S妹。”他喊她一声，她不答应，知道她睡着了。他把她的被盖好，起来放好帐子，房里虽然有一盏美孚灯，但不足以抵御月光的侵入。他走到书桌旁边坐下了，桌上还放着栈房里老板送来的月饼，他虽不饥，但无聊地也拿着吃了，一面吃，一面痴痴地抬头望着窗外，真是玉宇无尘，晶光似濯。他想此时若能同她一块儿去步月，是何等幸福，偏她又一病至此。又念刚回去的慈母、幼儿，今晚不知在哪里过节，他一边想，一边听着帐子里的呼吸，也还均匀，似乎一时不至于醒来。他便慢慢地出了房门，走到院子里，满地银光，真如积水空明。由院子直走，出了大门便是扬子江边了，由堤边一带垂杨荫里望那扬子江时，滚滚江涛映在月光之中，就像无数人鱼在清宵浴舞，他独自一人伫立多时，渐渐觉得身上穿的单衫挡不住午夜的江风，又恐怕那卧病在异乡客舍中的可怜的人要醒了，急忙拭干眼中因江风送来的水珠，慢慢地踱回房里去了——这是他的去年今夜。

这时是他和她回上海的第一年。他们和他的朋友Z君夫妇住在哈同花园后面民厚南里的一家楼上。这天晚上也是八月中秋，Z君和另一朋友邀他们两人同去步月，她穿着红色的毛衣同他们出去。从静安寺路转到赫德路，又转到福煦路，就是围着民厚里打了一个圈圈，他们便和Z君等分开了，他们沿着古拔路，在丰茂的白杨树荫下携手徐行，低声地谈着他们谈不完的心曲。那时的古拔路一边是洋房子，一边却是一条小港，小港的那边是几畦菜园，还有一座有栏杆的小桥，桥头有几株垂杨低低地拂着桥栏，桥下水虽不流，却有浓绿的浮萍，浮萍里还偶然伸出一两朵鲜艳的水仙花。靠着菜园那边还有一带芦苇。参差有致。他们自从发现了这块地方，常常爱到这里来散步。今晚他们因想这块具备了长芦垂柳碧水小桥的地方在明月之中不知更增几许姿态。所以特来领略这美丽的自然。果然不使他们失望，柳、芦、桥、水、浮萍、水仙都好像特作新妆迎接他们，他们站在桥头受着月光的祝福，他觉得这种情境很有画意，回家后，他便画了几张小桥观月图分送他的好友。

他回忆了去年和前年今日的情景，又联想到今夜的故乡，母亲和孩子在乡里过节，母亲一定思念她在外面的儿子，孩子虽小，也一定想念他在外面的父亲，但他一定以为他的妈妈也同他的爸爸一起在上海，他哪里知道今晚的月光不能照到他妈妈的脸上，只能照着她坟上的青草呢！

可怜一样团圆月，
半照孤坟半照人。

他还没有念完这两句诗，便痛哭得在床上打滚了。

上面这几段东西是他昨晚写的。因为都是月夜的回忆，他题之曰“月光”。不过他今早起来，照着他床上的不是“凄凉的月光”，而是和暖的阳光。他昨夜的泪痕在阳光中一忽儿都晒干了。他以后不敢再在月光底下回忆，不敢再于佳节良辰喝酒，不敢再惹起他的旧痛。他年纪还不大，还想忍着痛苦做些事，这也是她所希望于他的，他现在与惠特曼同样要求着“赫耀而沉默的太阳”，他与惠特曼同样唱着《大道之歌》——“从此以后，他不再呜咽了，不再因循了，他什么都不要，他要勇敢地、专心致志地登他的大道！”

细雨梦回

文 / 王充闾

想是夜间读书过于疲劳，一卷未终，便伏几而寐。醒转来，壁上的时钟已经敲过了十二下。

不知从何时开始，楼外下起了雨，衬着路灯的辉映，雨丝透出一种朦胧、含蓄的美蕴。推开窗户，细雨扑上脸颊，痒丝丝的，了无寒意。夜风轻吻着头发，流荡着沁人心脾的清新气息。

这初春的第一场喜雨不待鸣雷的呼唤和闪电的指引，蕴蓄着满腔的爱意，悄悄地降临人间。确实是“好雨知时节，当春乃发生”啊！

连日来，听到许多关于农村苦旱的讯息，到处都在翘盼着时雨。却不知，辽南果园中此刻是否同样普降了甘霖。我仿佛看到，春雨洒处，姹紫嫣红开遍，片片果林堆着满头香雪，有的如玉屑冰花，白里泛绿；有的如彩云漫拢，一抹轻红。

春雨唤醒了万物的生机，催动着人们丰收的热望。古往今来，咏赞春雨的诗章连篇累牍。“杏花雨，仓里米。”人们总是把三春灵雨同花繁果富紧密地联结起来。

许多无名诗人早在两千年前就吟咏着“芃芃黍苗，阴雨膏之”“既沾既足，生我百谷”。至于后来的诗篇，诸如“小楼一夜听春雨，深巷明朝卖杏花”“一百五日寒食雨，二十四番花信风”“山边夜半一犁雨，田父高歌待收获”“土膏欲动雨频催，万草千花一晌开”，等等，可说是俯拾即是。

雨催花发，昨天还是蓓蕾，今天便绽放出鲜花，几天以后就将结出小小的果实。久旱逢甘雨是人间的乐事之一。“五风十雨升平世”，更是古代人民的理想境界。苏东坡在《喜雨亭记》中讴歌春雨，兴会淋漓：“使天而雨珠，寒者不得以为襦；使天而雨玉，饥者不得以为粟。”一雨三日，“官吏相与庆于庭，商贾相与歌于市，农夫相与忭于野，忧者以喜，病者以愈。”

出外旅游，逢着落雨，总有些大煞风景吧？也不见得。古人早已说过：“水光潋滟晴方好，山色空蒙雨亦奇”“破雨游山也莫嫌，却缘山色雨中添”。极目青郊，烟雨中的杨柳、禾稼显得分外朗润清新。有一次，我在苏州逢着下雨，那黑瓦白墙的楼舍，典雅工丽的园林，五颜六色的雨伞下急徐不一的行人，都因为霏微的春雨而更饶韵致。不然，恐怕是无法领略“雨中春树万人家”这句诗的妙处的。

落雨是挑人思绪、引人遐想的时刻。雨能使人从躁动归于沉静，从感性进到理智。面对着垂天雨幕，耳听着潇潇暮雨，人们会萌动着种种饶有兴味的思绪。

诗圣杜甫在长夜苦湿、风雨凄凄中，发出了“安得广厦千万间，大庇天下寒士俱欢颜，风雨不动安如山”的浩叹，体恤民艰之情跃然纸上。

宋代的诗人曾几午夜梦回，听得雨声淅沥，认为是最佳音响，从甘霖普降想到稻香千里，大有丰年：“一夕骄阳转作霖，梦回凉冷润衣襟。不愁屋漏床床湿，且喜溪流岸岸深。千里稻花应秀色，五更桐叶最佳音。无田似我犹欣舞，何况田间望岁心。”

而他的门生，那个被誉为“亘古男儿”的陆放翁，则是“忽闻雨掠蓬窗过，犹作当时铁马看”。因为听到雨声，他那饱满的爱国激情竟然冲出白天清醒生活的境界，泛溢到梦境中去：“僵卧孤村不自哀，尚思为国戍轮台。夜阑卧听风吹雨，铁马冰河入梦来。”

当然，落雨引发的思绪也并不都是奋发向上的，也有人从点点滴滴、淅淅沥沥、飒飒潇潇的雨声中，领悟到一种前尘如梦、人生易老的悲凉意绪。最典型的要算宋末词人蒋捷了。他在一首《听雨》词中，通过追怀生涯中的三段历程，着力渲染凄苦冷寂的意境，以暗托其深沉的故国之思：“少年听雨歌楼上，红烛昏罗帐。壮年听雨客舟中，江阔云低断雁叫西风。而今听雨僧庐下，鬓已星星也。悲欢离合总无情，一任阶前点滴到天明。”

雨本来是没有灵性和知觉的。无情抑或有情，都在于人的感受。正如唐代大诗人白居易所说的：“峡猿亦无意，陇水复何情。为入愁人耳，皆为断肠声。”

不知是什么原因，我对雨向来抱有好感。童年时代，每逢落雨，我都跳着双脚，跑到街头玩耍、嬉戏。有一次，因为在雨中贪玩摸鱼，竟然忘记吃饭，误了上课，塾师带着愠色，让我背诵《千家诗》中咏雨的诗篇。当我吟过“天街小雨润如酥，草色遥看近却无”“绿遍山原白满川，子规声里雨如烟”等令人赏心悦目的清丽诗章之后，老师轻轻点了一句：“朱淑真的诗，你可记得？”我猜想是指那首“连理枝头花正开，妒花风雨便相摧。愿教青帝常为主，莫遣纷纷点翠苔”的，因为觉得有些败兴，便摇了摇头。老师也不勉强，只是轻叹一声：“还是一片童真啊，待你到了我这个年纪，就会懂得人生了。”

当晚，听父亲说，十年前的一个雨夜，在警察署长家里充任家庭教师的先生的爱侣被东家奸污了，第二天，她便含愤跳进了辽河。

先生戊子年五月生，授徒当时不过五十几岁。如今，我已超过了这个年龄。但是，时移世易，历史揭开了新的篇章，他那样的遭遇再也不会重演了。所以，我对雨终无恶感。

……

思绪像扯不尽的线团萦绕着，楼外，淅淅沥沥，雨还在下。

生活如蓟

文 / 雷抒雁

有一种植物叫蓟，它有惊人的再生力量，让你感受到它的顽强和乐观，一如人类的生活态度。

入冬，农人们的犁铧翻耕了土地，这是来年播种必有的程序。但是，对于一切经历过犁铧切割的植物而言，这无异于是天降的灾难——它们被齐根切断。一些依靠种子繁殖的植物，只有期待来年秋后种子的播撒。而蓟却不是这样。春天，在翻耕过的土地上，只有蓟旺盛地生长，很快便铺展、占领了那一片看上去有些单调的土地。

蓟鲜嫩肥硕的叶子，是春天野蔬里最独特的一味。它鲜，却苦。扯开它的叶子，如同扯断根，会有白色的液体流出，那是它的血。当犁铧突然切断蓟的根部时，蓟会用旺盛的血流表达它切肤的疼痛。可是，蓟的每一个断面都会迅速凝结成痂。你可以想象到，那是蓟无声的呼号、呻吟和战栗。

蓟的自我“治疗”让人吃惊。别的断根的植物都死去了，而蓟的“复苏”却如同传奇。蓟的每一处断面都有新芽萌生。它在一端生根，在另一端挺立，以新鲜、乐观的姿态冒出地面。作为早春的象征，它向太阳伸出双臂，它展开绿色的旗帜。于是，先前大地上一朵一朵的蓟，如今变成了一簇一簇的。

五月，蓟会伸长自己的茎，开出一朵一朵紫红色的花。多么顽强的植物啊！蓟的白色的血是苦涩的，绿色的叶是苦涩的，生长的历程也充满了苦难，所以人们叫蓟“苦苦菜”。

人类的生活不也如这蓟吗?

两年前，当地震突然降临时，人类的脆弱不会比蓟被犁铧切断时强多少。一瞬间，房倒屋塌，平静的生活被打破，鲜活的生命消失了，破损了。哭号、呻吟、战栗，人们的惊恐、哀伤远远超过了蓟。

当人们从废墟中站起来，抖掉身上的灰尘时，生活就重新开始了。瞬间的断裂不是生活的死灭。掩埋逝者，医治伤者；垒石立木，重造屋舍；新的爱情如同能分泌出奇异胶质的植物。断裂处被悄悄地弥合。

这是巨大的创伤，当然不会像蓟那样迅速恢复。但人类的自我治疗能力也不是蓟所能比拟的。否则，人类在千万年的变化过程中，不会跨越冰、火、震、洪，延续至今。

仅仅两年，还只是两年，我似乎看见，人们在尚未清除的废墟边建起的华屋粉墙上，涂画出对美好生活的向往；在刚刚清扫过的广场上，唱着古老的羌族爱情歌谣；曾经因痛苦而变得呆滞了的脸庞上，重现笑容；道路上，沉重的脚步已渐渐变得轻松。

一个人跌倒了，爬起来，会有短时间的喘息；然后，是慢步，快步，如果可能，还会跑步。生活一直在继续。

消失的天空

文 / 枫雨

听说过这么一首诗谜吗？“江北江南低鹞齐，线长线短回高低。春风自古无凭据，一伍骑夫弄笛儿。”

这是什么呢？在有春风的晴朗日子，一马平川的旷野，抬头仰望湛蓝的天空，你应该可以看见那些袅袅婷婷的尤物——风筝。

小时候，觉得天很大，也很蓝。在春天来到的时候，很羡慕邻居家的大男孩会做风筝，他们用细细的竹签扎绑起一个上宽下窄的十字菱形，然后糊上一张同样形状的纸片，有手巧的，还在上面画上一只老鹰或一个花脸张飞，在风筝的尾巴上，又粘上两条长长的纸条——可别小看这纸条尾巴，它们在风筝起飞的时候，可是起着平衡的关键作用呢！然后，在竹签十字的交叉处绑上线，另一头在线轴上厚厚地缠作一团。这就大功告成了：只等有风的时候。

到了有风的时候，也是这些大男孩们“忙趁东风放纸鸢”的日子：一手拿着线轴，一手高举着自己做的风筝，哇哇叫嚷着，逆着风跑。一面跑，一面回头看着风筝，放线，扬手。风筝就在他们的叫嚷声中一点点飞了起来，越飞越高，越飞越远……后来，他们就不跑了，因为风筝已经上了天。这时候只要站住，调整手里的线绳，随着风力和风向时放时收，风筝就可在高高的天空频频点头，男孩子和风筝就好像是一对默契的伙伴，协调极了，我们这群小丫头就看得不亦乐乎，心里也痒痒的，羡慕之极。于是觍着脸皮去问：能不能让我们玩一下？得到的却是趾高气扬的拒绝，我们心里更是痒羡难熬。

至今仍记得有一天中午，一个小伙伴兴奋地跑来找我，说她捡到一个风筝。我一看，果然不假：大大的菱形脑袋，没有图画，稍微破了一个角，尾巴少了一条，可是竹签都完整无损，大概是谁放丢的。这对我们可是无价之宝啊！伙伴立刻给它画上了一个大大的蝴蝶，我又裁了一条尾巴给它装上。看着风筝，我们异常激动，这是我们的风筝！可是忽然，难题来了：线呢？没有线轴没有线，我们的风筝怎么飞上天呢！小伙伴眼珠一转，计上心来。我们偷偷地来到她姥姥的屋里，趁她正在午睡的当儿，从她的针线盒里翻出一卷最长的线——后来知道那是她纳鞋底子用的。反正那是我们认为最合适的线了：很粗，密密地缠在一个木轴上面。

偷出了线，我们俩直奔楼顶——那里风大，风筝容易上天。我们爬到了六层楼的最顶上，望着楼下，我有些害怕。可是，放飞风筝的兴奋战胜了一切。拴好线，我扶着风筝，伙伴控制着线绳，“一——二——三！”我们就把它放了出去。呼啦啦……春风一下子就把它裹走了，而且快速地升高。没想到风筝这么容易就飞上了天，我们俩高兴地大叫。小小的心随着风筝起伏在蔚蓝里，穿梭在白云间。似乎有种欲望在胸膛里膨胀，难以控制。

风大了，“快放线！”我大叫，伙伴急忙放线，放，放……没多久，线已经到了头。“收回来吧？”伙伴问。可是，还没等我们收，线断了，风筝像一只鸟一样飞走了，“哎呀！”一声惊叫，我们眼睁睁地看着我们的风筝带着长长的线绳，越飞越远，最后变成了一个小点，消失在远处的田野里。当时我很难过，不知道那叫不叫失落，可是很长一段时间，我和伙伴都避免提起这次放风筝的经历。当然，因为丢了线，她的姥姥把她狠狠数落一顿，也点缀了我们儿时第一次放风筝的花絮。

放不成风筝，但并不能抹去爱看风筝的心思。每到春天的时候，我会骑车到北京展览馆或天安门广场看别人的风筝。那里都是“专业”人才，有的甚至是世家。所以一般的什么蝴蝶风筝都拿不出手的，这里都是做工精细、绘画精美的大风筝。放风筝的人，看风筝的人，多而不乱，组成了一幅很美的情调水彩画。真正是："风鸢放出万人看，千丈麻绳系竹竿。天下太平新样巧，一行飞上碧云端。"

最大的要数蜈蚣风筝，最早出自山东潍坊。据说是受了龙骨水车的启发而制造的。长有几十米，重四五斤。每个关节都有一个木轮，很沉。放的时候，需要四五个人一起，两人抓住蜈蚣头，两人在中间，还有一人在尾巴处，然后一声吆喝，"咳！"同时把蜈蚣掷向半空。当然，还要"好风凭借力"，顺着风势风力，才有飞上天的可能。并不是每次都成功的。可是，周围会围着很多看热闹的人，看他们一次又一次地试图把这个大蜈蚣送上天，人们就跟着揪心，着急，鼓掌，欢呼……那放风筝的更是专心，面红耳赤，运足丹田，那架势远非仅是在放飞一个风筝，那简直就是一场和自然力的较量。当这个硕大的风筝终于飞上天去的时候，我不禁也会竟自感到骄傲。说来也怪，天上的它，竟变得如此轻松好驾驭，放飞人手里轻松地握着线绳，一副悠然自得的表情，不由得让人佩服。一九八四年，在潍坊的北海滩上放起了一条巨型龙头蜈蚣，头高四米，长四米，腰围直径一米二，总长三百二十米。当如此巨大的风筝蜿蜒遨游在天际的时候，我想，天公也会为之动容吧！

北京的春天多风，以前风沙也多。上到中学，脑子里也没有什么春暖花开的记忆。唯一存留的喜欢，就是风筝飞满天的三月。记得那时候上学的路旁摆满了乡下人的摊位，其中就有许多卖风筝的。虽然我只是看，从不买，可那些卖的人也愿意和我们这些半大的孩子聊天。从他们嘴里，我了解了一些风筝的历史。也就更明白小小风筝为什么总是让我情牵梦绕。

记得一位老者——至今记忆犹新这位老者的与众不同：雪白的胡须，目光炯炯，好像武侠小说里的人物。他的风筝也特别：不是为了放，而是为了挂起来的。因为每一件做工都特别精细：纸很薄很韧；竹签绝对没有断处；上面的画也全是丹青或工笔，细腻得能看见人物的眼神。他告诉我说，风筝已经在中国有了两千七百多年的历史。在古代，风筝又名纸鸢，豪华的风筝上不仅有弦或笛，还有灯笼。风起时，嘹亮的哨音响彻九霄，故名风筝。晚上放飞，还可见缤纷闪烁的彩灯。难怪诗人会发出“夜静弦声响碧空，宫商信任往来风。依稀似曲才堪听，又被风吹别调中”的感慨。他说话时候神采飞扬，在这纷纷扰扰的叫卖声中，一点也不协调。我听得入迷，相信他一定有仙风道骨，也许哪天就会乘鹤而去。老人听了，哈哈大笑，送给我一个巴掌大的小风筝。那是一只小雁儿，每一片羽毛的弧度都勾勒得丰满而圆润，看上去毛茸茸的；小雁儿的嘴巴噘起，眼睛又圆又鼓。它正歇在一片荷叶上，旁边还有一朵半开的粉红色荷花。那神情好像是刚刚玩累了在休息，也或正准备扎入湖水里嬉戏。我手捧着这枚小小的艺术品，大气不敢出，生怕一使劲，就把那小雁儿吓跑了。

从老人那里，我知道了正经风筝做起来是很讲究的，要进行从选材、加工、劈竹、削竹、插接、蒙面、糊与绘等一系列的工序。做骨架的竹子要选用中段节长，粗细变化很小的那一段，制作风筝时要削去竹黄，只留下竹青和竹皮部分。蒙面的纸要用高强度的皮纸、高丽纸等，大风筝常使用绵纸或皮纸托裱的绢。绘画也很讲究，因为是以天空为背景，在上色时要用鲜艳、对比强烈、色块大的颜色。

风筝可以养性怡情，健体强身。史书《续博物志》就有“放风筝，张口仰视，可以泄热”之说。放风筝并非很剧烈的运动，老少皆宜。放者时而带线狂奔，时而驻足翘望，正像放飞心情：可以欲擒故纵；可以好风凭借力；可以驾轻就熟；可以任意逍遥游。“只凭风力健，不假羽毛丰，红线凌空去，青云有路通。”于是在放飞中，人们的心情释放了，心里的块垒得到了舒缓和张解，更重要的是，胸中的云梦也尽情地张显和释放了。

我想风筝之所以迷人，也因为从它，我们可以看到一个时代的情形：一个风筝尽情飞舞的春天，一定是一个明媚安详的春天，一定是一个国泰民安的社会。在南北方就有一年一度的风筝会。比赛那天，各式各样的五颜六色的风筝在天空争奇斗艳，那声势绝不亚于古代的龙舟会。万人观赏，风筝如雪片，相呼相映，其壮观的景象，怎一个“美”字了得！

风筝也是人类挑战自然的先驱。在美国华盛顿宇航博物馆的大厅里挂着一只中国风筝，在它边上写着“人类最早的飞行器是中国的风筝和火箭”。风筝曾经成为人类的骄傲。

可是在成长的岁月里，不知道从什么时候起，天不再蓝，风筝也不再争奇斗艳。渐渐地，人们好像失去了时间和兴趣。人是越来越多了，到处熙熙攘攘。而可以放风筝的空间越来越有限，广场上人来人往，跑不开，也就慢慢看不到那些硕大的风筝了。偶尔在春天看到一两只风筝游荡在天空，也好像是孤魂野鬼似的，在灰蒙蒙的天空中有气无力地挣扎。买风筝的人消失了，做风筝的巧匠们消失了，儿时的梦也消失了。长大后，我只能偶尔放飞心中的记忆，也只有心中还存着蔚蓝背景下的一片不多的缤纷。

若干年后回到故乡，托家里帮我买风筝。跑遍郊区，终于如愿以偿。回到美国，我和孩子们来到地广人稀的草场，放起我儿时的梦。看着孩子们欢快地随着风筝奔跑，我紧紧握着手中的线，似乎又找到了那片消失的天空……

精神明亮的人

文 / 王开岭

一

十九世纪的一个黎明，在巴黎乡下一栋亮灯的木屋里，居斯塔夫·福楼拜在给最亲密的女友写信："我拼命工作，天天洗澡，不接待来访，不看报纸，按时看日出（像现在这样）。我工作到深夜，窗户敞开，不穿外衣，在寂静的书房里……"

"按时看日出"，我被这句话猝然绊倒了。

一位以"面壁写作"为誓志的世界文豪，一个如此吝惜时间的人，却每天惦记着日出，把再寻常不过的晨曦之降视若一件盛事，当作一门必修课来迎对……为什么？它像一盆水泼醒了我，浑身打了个激灵。

我竭力去想象、去模拟那情景，并久久地揣摩、体味着它——

陪伴你的，有刚刚苏醒的树木，略含咸味的风，玻璃般的草叶，潮湿的土腥味，清脆的雀啾，充满果汁的空气……还有远处闪光的河带，岸边的薄雾，怒放的凌霄，绛紫或淡蓝的牵牛花，隐隐战栗的棘条，一两滴被蛐蛐声惊落的露珠，月挂树梢的氤氲，那蛋壳般薄薄的静……

从词的意义上说，黑夜意味着“偃息”和“孕育”，而日出，则象征着一种“诞生”，一种“升矗”和“伊始”，乃富有动感、饱含汁液和青春性的一个词。它意味着你的生命画册又添置了新的页码，你的体能电池又充满了新的热力。

正像分娩绝不重复，“日出”也从不重复。它拒绝抄袭和雷同，因为它是艺术，是大自然最重视的一幅杰作。

黎明拥有一天中最纯澈、最鲜泽、最让人激动的光线，那是生命最易受鼓舞、最能添置信心和热望的时刻，也是最能让青春荡漾、幻念勃发的时刻。像含有神性的水晶球，它唤醒了我们对生命的原初印象，唤醒体内某种沉睡的细胞，使我们看到远方的事物，看清了险些忘却的东西，看清了梦想、光阴、生机和道路……

迎接晨曦不仅仅是感官愉悦，更是精神体验；不仅仅是人对自然的欣赏，更是大自然以其神奇力量作用于生命的一轮撞击。它意味着一场相遇，让我们有机会和生命完成一次对视，有机会认真地打量自己，获得对个体更细腻、清新的感受。它意味着一次洗礼，一种被照耀和沐浴的仪式，赋予生命以新的索引，新的知觉，新的闪念、启示与发现……

“按时看日出”是生命健康与积极性情的一个标志，更是精神明亮的标志！它不仅仅代表了一记生存姿态，更昭示着一种热爱生活的理念，一种生命哲学和精神美学。

透过那橘色晨曦，我触摸到了一幅优美剪影：一个人在给自己的生命举行升旗！

二

与福楼拜相比，我们对自然又是怎样的态度呢？

在一个普通人的一生中，有过多少次沐浴晨曦的体验？我们创造过多少这样的机会？

仔细想想，或许确实有过那么一两回吧。可那又是怎样的情景呢？比如某个刚下火车的凌晨——

睡眼惺忪、满脸疲态的你，不情愿地背着包，拖着慵懒灌铅的腿，被浩荡人流推搡着，在昏黄的路灯陪衬下，拥向出站口。踏上站前广场的那一刹那，一束极细的猩红的浮光突然鱼鳍般拂了你一下，吹在你脸上——你倏地意识到：日出了！但这个闪念并没有打动你，你丝毫不关心它，你早已被沉重的身体击垮了，眼皮浮肿、头昏脑涨，除了想赶紧找地儿睡一觉，你什么也不想，一刻也不愿再多待……

或许还有其他的机会，比如登泰山、游黄山什么的：蹲在人山人海中，蜷在租来的军大衣里，无聊而焦急地看夜光表，熬上一宿。终于，当人群开始骚动，在啧啧称奇的欢呼声中，大幕拉开，期待已久的演出开始了……然而，这一切都是在混乱、嘈杂、人声鼎沸和拥挤不堪中进行的。越过无数的后脑勺和下巴，你终于看到了，那个与电视里一模一样的场面——像升国旗一样，规定时分、规定地点、规定程序。你突然惊醒：这是早就被设计好了的，早就被导游、门票和游览图计划好了的。美是美，但就是感觉有点儿不对劲：不自然，有人工的痕迹，且谋划太久，准备得太充分，不免“主题先行”的味道，像租来的、买来的……

而更多的人，或许连一次都没有！

一生中的那个时刻，他们无不蜷缩在被子里。他们在昏迷，在蒙头大睡，在冷漠地打着呼噜——第一万次、第几万次地打着呼噜。那光线永远照不到他们，照不到萎靡的身体和灵魂。

三

放弃早晨意味着什么呢？

意味着你已先被遗弃了。意味着你所看到的世界是“旧”

的，和昨天一模一样的“陈”。仿佛一个人老是吃经年发霉的粮食，永远轮不上新的，永远只会把新的变成旧的。意味着不等你开始，不等你站在起点上，就已被抛至中场，就像一个人未谙童趣即已步入中年。

多少年，我都没有因光线而激动的经历了。

上班的路上，挤车的当口，迎来的是煮熟的光线，中年的光线。

可，即使你偶尔起个大早，忽萌看日出的念头，又能怎样呢?

都市的晨曦不知从何时起，早已变了质——

高楼大厦夺走了地平线，灰蒙蒙的尘霾，空气中老有油乎乎的腻感，老有挥之不散的汽油味，即使你捂起了耳朵，也挡不住出租车的喇叭声。没有真正的黑夜，自然也就无所谓真正的黎明……没有纯洁的泥土，没有旷野远山，没有庄稼地，只有牛角一样粗硬的黑水泥和钢化砖。所有的景色，所有的目击物，皆无施洗过的那种鲜艳与亮泽、那种蔬菜般的翠绿与寂静……你意识不到一种“新”，感受不到婴儿苏醒时的那种清新与好奇，即使你大睁着眼，仍觉像在昏沉的睡梦中。

四

千禧年之际，不知谁发明了“新世纪第一缕曙光”这个诗化概念，而后，又吸引了政府投资，再经权威气象人士的加盟，竟打造出了一个富有科技含量的旅游品牌。为此，浙江的临海和温岭还发生了“曙光节之争”（南京紫金山天文台将“曙光”赐予了临海的括苍山主峰，北京天文台则咬定在温岭，最后双方达成协议，将“曙光”大奖正式颁给了吉林珲春）。一时间，媒体纷至沓来，电视现场直播，鞍马争趋，庙门披红，山票陡涨，那峦顶便成了寸土寸金的摇钱树……

其实，大自然从无等级之别，时间符号只是人为的制造。对大自然来说，根本不存在厚此薄彼的所谓“新世纪”“新一缕”……看日出，本是一种私人性极强、朴素而平静的生命美学行为，而一旦搞成热闹的集市，搞成一场阵容豪华的商业演出，也就失去了其本色的自然含义。想想我们平日的冷漠与昏迷，想想每天的昏头大睡，这种对光阴的超强重视简直像一种讽刺。

对一个习惯了对自然漠视的人来说，即使那一刻，你花大钱购下了山的制高点，你又能领略到什么？又能比别人多争取到什么呢？

爱默生在《论自然》中道：“实际上，很少有成年人能够真正看到自然，多数人不会仔细地观察太阳，至多他们只是一掠而过。太阳只会照亮成年人的眼睛，但却会通过眼睛照进孩子的心灵。一个真正热爱自然的人，是那种内外感觉都协调一致的人，是那种直至成年依然童心未泯的人。”

应该说，真正热爱日出的，像福楼拜，即这种童心未泯的人。还有梭罗、史蒂文森、普里什文、蒲宁、爱德华兹……我甚至敢断言，假如他们能活到今天，在那所谓“第一缕曙光”照着的地方，一定找不着他们的身影。

无论何时何地，我们只有恢复孩子般的好奇与纯真，只有像儿童一样精神明亮、目光清澈，才能对这世界有所发现，才能于平日看到更多，才能从最平凡的事物中注视到神奇与美丽。而成人的世界里，几乎已没有真正生动的自然，只剩下桌子和墙壁，只剩下人的游戏规则，只剩下同人打交道的经验和逻辑……

值得尊敬的成年人，一定是那种“直至成年，依然童心未泯的人”。

羊的样子

我一回头，
身后的草全开花了，
一大片。
好像谁说了一个笑话，
把一摊草惹笑了。

走在自己的路上

文 / 周国平

面前纵横交错的路，每一条都通往不同的地点。那心中只有一个物质目标而没有幻想的人，一心一意走在其中的一条上，其余的路对于他等于不存在。那心中有幻想而没有任何目标的人，漫无头绪地尝试着不同的路线，结果只是在原地转圈子。那心中既有幻想又有精神目标的人，他走在一切可能的方向上，同时始终是走在他自己的路上。

一个人年轻时，外在因素——包括所遇到的人、事情和机会——对他的生活信念和生活道路会发生较大的影响。但是，在达到一定年龄以后，外在因素的影响就会大大减弱。那时候，如果他已经形成自己的生活信念，外在因素就很难再使之改变，如果仍未形成，外在因素也就很难再使之形成了。

孔子说："三十而立。"我对此话的理解是：一个人在进入中年的时候，应该确立起生活的基本信念了。所谓生活信念，第一是做人的原则，第二是做事的方向。也就是说，应该知道自己在这个世界上要做怎样的人，想做怎样的事了。

当然，"三十"不是一个硬指标，孔子毕竟是圣人，一般人也许晚一些。但是，"立"与不"立"是硬道理，无人能够回避。一个人有了"立"，才真正成了自己人生的主人。那些永远不"立"之人诚然也在生活，不过，对于他们的生活，可用一个现成的词形容，叫做"混"。这样的人不该再学孔子的口气说"三十而立"，最好改说"三十而混"。

我走在自己的路上了。成功与失败、幸福与苦难都已经降为非常次要的东西。最重要的东西是这条路本身。

他们一窝蜂挤在那条路上，互相竞争、推搡、阻挡、践踏。前面有什么？不知道。既然大家都朝前赶，肯定错不了。

你悠然独行，不慌不忙，因为你走在自己的路上，它仅仅属于你，没有人同你争。

我不是一个很自信的人，但我的自信恰好达到这个程度，使我能够不必在乎外来的封赐和奖赏。

我曾经也有过被虚荣迷惑的年龄，因为那时候我还没有看清事物的本质，尤其还没有看清我自己的本质。我感到现在我已经站在一个最合宜的位置上，它完全属于我，所有追逐者的脚步不会从这里经过。我不知道我是哪一天来到这个地方的，但一定很久了，因为我对它已经如此熟悉。

世间有情人

文 / 柴静

一

“不吃一个串串吗？美女，吃一个串串嘛！”他伸着脖子喊。

美女看都不看他，直接走过去了。

这个烤羊肉串的新疆小贩回头对镜头说：“她为什么不甩我？”

我原来只知道这个人卖了三十万羊肉串资助贫困学生，看到这段，决定采访他。

阿里木快四十的时候都没娶上老婆，去年总算结了婚，姑娘比他小十二岁，长得漂亮，又是个大学生，跟着他烤羊肉串，他爱跟媳妇开玩笑。我问他总算有个老婆了是什么感觉，他盯着老婆看，嘿嘿笑，想开开玩笑，但又不敢，不敢又实在憋不住，“这样的老婆……再有一个也可以呀”！

老婆似笑非笑，又不好意思恼。

他勾着头，眼睛直瞄着老婆的脸色，一边吹，说自己当时结婚好多姑娘都愿意跟自己，相亲从吐鲁番到伊犁。

吹着吹着就没边了：“我跟她结婚也是必须的啦，不结万一没人要她了。”

老婆脸一黑，站起来走了，进了里屋。

我笑：“话说大发了吧？”

他臊眉搭眼：“没事，没事，小女孩。”

进屋子哄去了，直接被轰出来了，灰头土脸：“她说——你以为我很想嫁给你吗？”

没过两秒钟，又沉不住气了，进屋把老婆拽出来了，刚吃完手抓饭的大油手，摸人家头发，摸脸，嘿嘿乐，也不会说好听的，就把姑娘的卷毛傻乎乎地往耳朵后边掖，小卷掉下来，又掖，掉下来，又掖。

老婆扑哧乐了。拿个打火机，吓唬他，要烧他胡子。

我也乐了：“你就吹吧，古丽说你第一次见面就拉人家手，被人家甩开了。”

后来这句都没法剪进片子里，因为编导笑场太厉害了。

二

他给我递一串："你也吃一串！"

我嚼，贵州这肉硬，不如北京的好吃，他往里打好多鸡蛋，让肉软点。我以为他烤肉串这么多年，自己早不愿意吃了，而他叨着一串吃得香着呢，"小时候我爸爸每次带一个孩子去进城吃羊肉串，我吃不上就哭。"

他们乡里一共只有七个人念过初中，他上到高二，当兵去了，回来进了供销社，乡亲们都来赊东西，他脸软，不好意思不赊，东赊西赊，三年后，上级来查账，他去收钱，硬不起心，收不上来。工作也丢了。

哥哥赌博，把家里房子都输没了，家里天天没个安宁，他想着得让他们活好点儿，背个烤炉子，拿了五百块，出来了。

到了西安，刚支起炉子，卖得还不错，来了二十几个同乡，说，你得给我们干。他不，被打了一顿，挺狠的，他没敢回旅馆拿行李，就背着炉子走了，身上只一块钱，买张站台票，上了火车，车不知道往哪儿开，开到实在饿得不行了，下了车，是郑州。

沿着铁路线走了出去，到市里，他进了一个餐馆。给他们烤串打工，别的伙计每天黑老板三十块钱，他不忍心，都交给老板。那些伙计大部分是老板的亲戚，也不好赶走，老板教育大家。伙计们逼他也要黑这点钱，他不同意："老板对我好，知道我不吃辣的，给我炒西红柿。”又被打了一顿。

他身上只有一块钱，没有领工资，也没跟老板说，走了。

“为什么不领你该领的钱？”

“我对不起他，”他说，“也不解释了。”

走到了北海，一个盗窃的团伙逼他给放风，他不愿意，头朝下被吊在风扇上，说你干不干，他说不干，对方按一下按钮，他觉得心里头五脏六腑都快绞出来了，醒来的时候躺在地上，脚已经绞折了，隔了十几年，我今天摸的时候，脚背上的骨头还凸着一块，他站久了疼。

之所以要到贵州毕节，是因为他就想找一个最穷、没人找他麻烦的地方，活着安生点就成。

到了这儿，身上十块钱，赊了十块钱的肉，烤了卖得挺好，卖到十四块钱，城管来了，带回去，罚钱，罚了十块钱，说走吧。

他说这些也不悲情，也不觉得苦，苦他吃得太多了，我还怕他那时候住在煤棚里，晚上睡不着，心里孤单，他说从没觉得孤单过，因为天天晚前都想着怎么活下去，不知道什么是孤单。

三

他带我去小凉粉铺里吃，这些年，他天天就是馒头和凉粉，舍不得去吃清真馆子，时间长了，辣的也能吃了。

老板娘挽着包进来了，他搭讪：“你越来越年轻了。”

“小鬼！”头发油光水滑的老板娘绷不住笑。

坐下跟我说他：“抠死了，洗衣粉、热水都从我这儿借，一件衣服穿一辈子，这么多年也没请我们吃过一次饭，小鬼！”

他低着头，嘿嘿讪笑：“谢谢你。”

他自己这么多年就放开吃过一次二十四块钱的自助餐，他进去吃了一顿，第二次去，别人站在门口堵着他，不让进了。

老板娘叹口气，放低点声音跟我说：“也可怜，被城管追得鸡飞狗跳。”

四

卖一串肉挣不到三毛钱，一开始他全攒着，给家里寄回去，盖房子，让他们过得好点。每次寄完钱，只给自己留十块，他住的房子，连个窗子都没有，太阳永远进不来，连个闹钟也舍不得买，让邻居叫他起床。

家里有了钱，但没人快活，为争这点钱，闹得更厉害。

他想着，都有了钱就好了，把哥哥们都带出来了，他出生意的本钱。

到了毕节，他们联合起来要赶他走，他躲起来。过一阵子，哥哥们自己内部打起来了，都跑了，他才敢出来露头。

我有点意外。

他把筷子搁在碗上，停了一下，才说：“底层的残酷，你不了解。”

他躺在小黑屋里，伤透了心，想这些年的事，他说想了八个月：“我每天回家来，我想了很多事情，我以前去那些地方，别人对我不好。我到这里来了，别人没欺负我，而自己的亲人这样欺负我，是不是我的家人是最坏的？我是这样说。然后突然又想起了一个问题，别人是怎么生活？别人也是一样。”

“你看到什么了？”

“比如说当时我们摆摊的时候，看到有很多做小本生意的个别的人，一旦要是同行的话，必须要吵闹。”

“你觉得原因是什么？”

“教育的问题。他从小到大没有接受良好的教育。好，如果有一天我有了钱的话，我一定要把所有的钱用在教育上。”

他就这么开始捐的钱。他帮的人都是孩子。那些因为穷差点没了未来的孩子。卖的三十多万羊肉串，挣的十万块，帮了一百六十个贵州的孩子。

结了婚，我以为他会攒钱给将来的孩子，他说再拼命干十年，挣一百万，建个农村留守儿童的学校。“大街上老看见不上学的孩子，一群人跟着打架生事，他们长大以后会变成什么样子，肯定不会是正当的人。他们这些农村的留守儿童，为他们做个事情，也许会改变他们的一生，这个跟救一条人命一样。”

他说盖完学校，他交给放心的人，就走了。

“去云南一个小村子，我看好了，放点牛，放点羊。”

我说古丽愿意去吗？

阿里木说：“在新疆，很多女人缠着我，她不高兴。在这里，每个人都说，阿里木，你的老婆漂亮，我不高兴。我俩都愿意走，哈哈！”他挤眉弄眼，“你不信问她，古丽，明天去云南好不好？”

古丽脆快地说：“好。”我们都乐了。

我说那你为什么不把钱捐回家乡，他说都是一样的：“有人说你这是不是为了民族团结，我说我不是从这个角度考虑的，这么说民族，反而有了距离。我就是这个国家的一个公民，干我能干的。”

“一般人是有钱了，富裕了之后，来帮助没钱的人，你自己那时候也还是个穷人。”

“这个不是这样，他不是说没钱，他没这份心，我要干这个事情，一件一件会做起。”

“那会有人说，你要帮助人帮不过来，会有太多的人。”

“对。我帮不过来，但是通过我的行为，会有一些人良心发现，我相信这一点。”

“可能有的人说，一个卖羊肉串的小贩，又能帮助多少人呢，反而把自己的生活都牺牲了，你怎么看这些事情？”

“我不觉得我牺牲什么，我觉得很快乐。”

五

他帮的孩子周勇，当年如果不是他，已经无钱医治，没有希望了，现在是个高三学生，孩子来看他，拍他肚子，“叔叔你胖了好多”。

“结了婚胖了十六公斤。”他很满意地摸一摸。一边做手抓饭给我们吃，葡萄干甜死了。

别人到北京领奖都听安排，就他非带着老婆，不让带就不去。

老婆到了北京，住在别的地方，他急，怕她一个人不安全，差点就不录像了。在那儿吃得好住得好，他说赶紧回来吧，闻着家里羊肉味儿，劳动完了，饿了再吃才最香。

我最喜欢站得远点看他烤肉，烟熏火燎的，小口哨吹得快飞起来了，老婆一会儿拿着矿泉水往他嘴里喂点水，他说：“我最开心的就是烤羊肉串。”

“是这个烤的过程，还是这个音乐，还是人来人往？”

“是烤的过程。”

“不就是翻来覆去吗？”

“嘿……”他说，“说不清，反正很开心，职业病。”

有个小娃娃，大眼睛，跟妈来买五串羊肉串，也不吃，让妈给吃完，再买五串，痴痴地看着他快跳起舞的样子。她妈说：“每天非来这儿不可，只在这儿买。”

我说你为什么要来这儿。

小女孩看他冲自己眨眼睛，羞涩地咧嘴笑，说："我喜欢他。"

是，他就是那种不管哪个年代，小孩子都会喜欢的大人，是那种在童话里、歌谣里、彩色的画画里会出现的络腮胡子的绵善的大家伙，他长得简直就可以直接贴在给娃娃们的书上。对这样的人来说，与其说道德，不如说纯真的人性。

他受了那么多苦，身上没有一点可怕的东西。被人夸了这么多，身上也没一点虚浮的东西。

还是娃娃们最了解他，周勇写过一句话："长大了，我也要像他一样，做世间有情人。"

蜘蛛和梅花

文 / 林徽因

真真的就是那么两根蛛丝，由门框边轻轻地牵到一枝梅花上。

就是那么两根细丝，迎着太阳光发亮……再多了，那还像样吗？一个摩登家庭如何能容蛛网在光天白日里作怪，管它有多美丽，多玄妙，多细致，够你对着它联想到一切自然造物的神工和不可思议处；这两根丝本来就该使人脸红，且在冬天够多特别！可是亮亮的，细细的，倒有点像银，也有点像玻璃制的细丝，委实不算讨厌，尤其是它们那么洒脱风雅，偏偏那样有意无意地斜着搭在梅花的枝梢上。

你向着那丝看，冬天的太阳照满了屋内，窗明几净，每朵含苞的，开透的，半开的梅花在那里挺秀吐香，情绪不禁迷茫缥缈地充溢心胸，在那一刹那的时间中振荡。同蛛丝一样的细弱和不必需，思想开始抛引出去：由过去牵到将来，意识的，非意识的，由门框梅花牵出宇宙，浮云沧波踪迹不定。是人性、艺术，还是哲学，你也无暇计较，你不能制止你情绪的充溢，思想的驰骋，蛛丝梅花竟然是瞬息可以千里！

好比你是蜘蛛，你的周围也有你自织的蛛网，细致地牵引着天地，不怕多少次风雨来吹断它，你不会停止了这生命上基本的活动。此刻“一枝斜好，幽香不知甚处”。

拿梅花来说吧，一串串丹红的结蕊缀在秀劲的傲骨上，最可爱，最可赏，等半绽将开地错落在老枝上时，你便会心跳！梅花最怕开；开了便没话说。索性残了，沁香拂散同夜里炉火都能成了一种温存的凄清。

记起了，也就是说到梅花、玉兰。初是有个朋友说起初恋时玉兰刚开完，天气每天的暖，住在湖旁，每夜跑到湖边林子里走路，又静坐幽僻石上看隔岸灯火，感到好像仅有如此虔诚地孤对一片泓碧寒星远市，才能把心里情绪抓紧了，放在最可靠最纯净的一撮思想里，始不至亵渎了或是惊着那“寤寐思服”的人儿。那是极年轻的男子初恋的情景——对象渺茫高远，反而近求“自我的”郁结深浅——他问起少女的情绪。

就在这里，忽记起梅花。一枝两枝，老枝细枝，横着，虬着，描着影子，喷着细香；太阳淡淡金色地铺在地板上：四壁琳琅，书架上的书和书签都像在发出言语；墙上小对联记不得是谁的集句；中条是东坡的诗。你敛住气，简直不敢喘息，踮起脚，细小的身形嵌在书房中间，看残照当窗，花影摇曳，你像失落了什么，有点迷惘。又像“怪东风着意相寻”，有点儿没主意！浪漫，极端的浪漫。“飞花满地谁为扫？”你问，情绪风似的吹动，卷过，停留在惜花上面。再回头看看，花依旧嫣然不语。“如此娉婷，谁人解看花意”，你更沉默，几乎热情地感到花的寂寞，开始怜花，把同情统统诗意地交给了花心！

这不是初恋，是未恋，正自觉“解看花意”的时代。情绪的不同，不只是男子和女子有分别，东方和西方也甚有差异。情绪即使根本相同，情绪的象征，情绪所寄托，所栖止的事物却常常不同。水和星子同西方情绪的联系，早就成了习惯。一颗星子在蓝天里闪，一流冷涧倾泻一片幽愁的平静，便激起他们诗情的波涌，心里便甜蜜地，热情地唱着由那些鹅羽的笔锋散下来的“她的眼如同星子在暮天里闪”，或是“明丽如同单独的那颗星，照着晚来的天”，或“多少次了，在一流碧水旁边，忧愁倚下她低垂的脸”。

惜花，解花太东方，亲昵自然，含着人性的细致是东方传统的情绪。

此外年龄还有尺寸，一样是愁，却跃跃似喜，十六岁时的，微风零乱，不颓废，不空虚，踮着理想的脚充满希望，东方和西方却一样。人老了脉脉烟雨，愁吟或牢骚多折损诗的活泼。大家如香山，稼轩，东坡，放翁的白发华发很少不梗在诗里，至少是令人不快。话说远了，刚说是惜花，东方老少都免不了这嗜好，这倒不论老的雪鬓曳杖，深闺里也就攒眉千度。

最叫人惜的花是海棠一类的“春红”，那样娇嫩明艳，开过了残红满地，太招惹同情和伤感。但在西方，即使也有我们同样的花，也还缺乏我们的廊庑庭院。有了“庭院深深深几许”，才有一种庭院里特有的情绪。如果李易安的“斜风细雨”底下不是“重门须闭”，也就不“萧条”得那样深沉可爱；李后主的“终日谁来”也一样地别有寂寞滋味。看花更须庭院，深深锁在里面认识，不时还得有轩窗栏杆，给你一点凭借，虽然也用不着十二栏杆倚遍那么慵弱无聊。

当然，旧诗里伤愁太多，一首诗竟像一张美的证券，可以照着市价去兑现！所以庭花，乱红，黄昏，寂寞太滥，诗常失却诚实。西洋诗，恋爱总站在前头，或是“忘掉”，或是“记起”，月是为爱，花也是为爱，只使全是真情，也未尝不太腻味。就以两边好的来讲，拿他们的月光同我们的月色比，似乎是月色滋味深长得多。花更不用说了，我们的花“不是预备采下缀成花球，或花冠献给恋人的”，却是一树一树绰约的，个性的，自己立在情人的地位上接受恋歌的。

所以未恋时的对象最自然的是花，不是因为花而起的感慨——十六岁时无所谓感慨——仅是刚说过的自觉解花的情绪，寄托在那清丽无语的上边，你心折它绝韵孤高，你为花动了感情，实说你同花恋爱，也未尝不可——那惊讶狂喜也不减于初恋。还有那凝望，那沉思……

一根蛛丝！记忆也同一根蛛丝，搭在梅花上，就由梅花枝上牵引出去，虽未织成密网，但这诗意的前后，也就是相隔十几年的情绪和联络。

午后的阳光仍然斜照，庭院阒然，离离疏影，房里窗棂和梅花依然伴和成为图案，两根蛛丝在冬天还可以算为奇迹，你望着它看，真有点像银，也有点像玻璃丝，偏偏那么斜挂在梅花的枝梢上。

胰皂泡

文 / 冰心

小的时候，游戏的种类很多，其中我最爱玩的是吹胰皂泡。

下雨的时节，不能到山上海边去玩，母亲总教给我们在廊子上吹胰皂泡。她说是阴雨时节天气潮湿，胰皂泡不容易破裂。

法子是将用剩的碎胰皂放在一只小木碗里，加上点水，和弄和弄，使它融化，然后用一支竹笔套管蘸上那黏稠的胰皂水，慢慢地吹起，吹成一个轻圆的网球大小的泡儿，再轻轻一提，那轻圆的球儿便从管上落了下来，软悠悠地在空中飘游。若用扇子在下边轻轻地扇送，有时能飞到很高很高。

这胰皂泡吹起来很美丽，五色的浮光在那轻清透明的球面上乱转。若是扇得好，一个大球会分裂成两三个玲球娇软的小球，四散分飞。有时吹得太大了，扇得太急了，这脆弱的球会扯成长圆的形状，颤巍巍的，光影零乱，这时大家都悬着心，仰着头，停着呼吸，——不久，这光丽的薄球就无声地散裂了，胰皂水落了下来，洒到眼睛里，使大家都忽然低了头，揉出了眼泪。

静夜里为何想到了胰皂泡？——因为我觉得这一个个轻清脆丽的球儿，像一串美丽的画梦！

像画梦，是我们自己小心地轻轻吹起的，吹了起来，又轻轻地飞起，是那么圆满，那么自由，那么透明，那么美丽。

目送着它，心里充满了快乐、骄傲与希望，想到借着扇子的轻风，把它一个个送上天去送过海去。到天上，轻轻地挨着明月，渡过天河跟着夕阳西去。或者轻悠悠地飘过大海，飞越山巅，又低低地落下，落到一个美人的玉搔头边，落到一个浓睡中的婴儿的雏发上……

自然地，也像画梦，一个一个地吹起，飞高，又一个一个地破裂，廊子是我们现实的世界，这些要它上天过海的光球，永远没有出过我们仄长的廊子！廊外是雨丝风片，这些使我快乐、骄傲，希望的光球都一个个地在雨丝风片中消失了。

生来是个痴孩子，我从小就喜欢做画梦，做惯了梦，常常从梦中得慰安，生希望，越做越觉得有道理，简直不知道自由是在做梦，最后简直把画梦当作最高的理想，受到许多朋友的劝告讥嘲。而在我的精神上的胰皂泡没有破灭，胰皂水没有洒到我的心眼里使我落泪之先，我常常顽强地拒绝了朋友的劝告，漠视了朋友的讥嘲。

自小起做的画梦，往少里说也有十余个，这十几年来，渐渐地，都快消灭完了。有几个大的光球破灭的时候，都会重重地伤了我的心，破坏了我精神上的均衡，更不知牺牲了我多少的眼泪。

到现在仍有一两个光球存在着，软悠悠的挨着廊边飞。不过我似乎已超过了那悬心仰头的止境，只用镇静的冷眼看它慢慢地往风雨中的消灭里走！

只因常做梦，我所了解的人都是梦中人物，所知道的事都是梦中的事情。梦儿破灭了当然有些悲哀，悲哀之余，又觉得这悲哀是冤枉的。若能早想起儿时吹胰皂泡的情景与事实，又能早觉悟到这美丽脆弱的光球是和我的画梦一样地容易破灭，则我早就是个达观而快乐的人！虽然这种快乐不是我所想望的！

今天从窗户里看见孩子们奔走游戏，忽然想起这一件事，夜静无事姑记之于此，以志吾过，且警后人。

三棵树

文 / 苏童

很多年以前，我喜欢在京沪铁路的路基下游荡，一列列火车准时在我的视线里出现，然后绝情地抛下我，向北方疾驰而去。午后一点钟左右，从上海开往三棵树的列车来了，我看着车窗下方的那块白色的旅程标志牌：上海—三棵树，我看着车窗里那些陌生的处于高速运行中的乘客，心中充满嫉妒和忧伤。然后去三棵树的火车消失在铁道的尽头。我开始想象三棵树的景色：是北方的一个小火车站，火车站前面有许多南方罕见的牲口，黑驴、白马、枣红色的大骡子，有一些围着白羊肚毛巾、脸色黝黑的北方农民蹲在地上，或坐在马车上，还有就是树了，三棵树，是挺立在原野上的三棵树。

三棵树很高很挺拔。我想象过树的绿色冠盖和褐色树干，却没有确定树的名字，所以我不知道三棵树是什么树。

树令我怅惘。我一生都在重复这种令人怅惘的生活方式：与树擦肩而过。我没有树。西双版纳的孩子有热带雨林，大兴安岭的伐木者的后代有红松和白桦，乡村里的少年有乌桕和紫槐。我没有树。我从小到大在一条狭窄局促的街道上走来走去，从来没有爬树掏鸟蛋的经历。我没有树，这怪不了城市，城市是有树的，梧桐或者杨柳一排排整齐地站在人行道两侧，可我偏偏是在一条没有人行道的小街上长大——也怪不了这条没有行道树的小街，小街上许多人家有树，一棵黄桷、两棵桑树静静地长在他的窗前院内，可我家偏偏没有院子，只有一个巴掌大的天井，巴掌大的天井仅供观天，不容一树，所以我没有树。

我种过树。我曾经移栽了一棵苦楝的树苗，是从附近的工厂里挖来的，我把它种在一只花盆里——不是我的错误，我知道树与花草不同，花入土，树入地，可我无法把树苗栽到地上——是我家地面的错误。天井、居室、后门石埠，不是水泥，就是石板，它们欢迎我的鞋子、我的箱子、我的椅子，却拒绝接受一棵如此幼小的苦楝树苗。我只能把小树种在花盆里。我把它安置在临河的石埠上。从春天到夏天，它没有动窝，但却长出了一片片新的叶子。我知道它有多少叶子。后来冬天来了，河边风大，它在风中颤动，就像一个哭泣的孩子，我以为它在向我请求着阳光和温暖，于是我把花盆移到了窗台上，那是我家在冬天唯一阳光灿烂的地方。就像一次误杀亲子的戏剧性安排，紧接着我和我的树苗遭遇了一夜狂风。狂风大作的时候，我在温暖的室内，却不会想到风是如何侮辱我和我的树苗的——它把我的树从窗台上抱起来，砸在河边石埠上，然后又把树苗从花盆里拖出来，推向河水里，将一只破碎的花盆和一抔泥土留在岸上，留给我。

这是我对树的记忆之一。一个冬天的早晨，我站在河边向河水深处张望，依稀看见我的树在水中挣扎，挣扎了一会儿，我的树开始下沉，我依稀看见它在河底寻找泥土，摇曳着，颤动着，最后它安静了。我悲伤地意识到我的树到家了，我的树没有了。我的树一直找不到土地，风就冷酷地把我的树带到了水中，或许是我的树与众不同，它只能在河水中生长。

我没有树。没有树是我的隐痛和缺憾。像许多人一样，成年以后，我有过游历名山大川的经历。我见到过西双版纳绿得发黑的原始森林，我看见过兴安岭上被白雪覆盖的红松和榉树，我在湘西的国家森林公园里见到了无数只闻其名未见其形的珍奇树木。但那些树生长在每个人的旅途上，那不是我的树。

我的树在哪里？树不肯告诉我，我只能等待岁月来告诉我。

一九八八年对于我是一个值得纪念的年份，那年秋天，我得到了自己的居所，是一栋年久失修的楼房的阁楼部分，我拿着钥匙去看房子的时候，一眼就看见了楼前的两棵树，你猜是什么树？两棵果树，一棵是石榴，一棵是枇杷！秋天午后的阳光照耀着两棵树，照耀着我一生得到的最重要的礼物，伴随我多年的不安和惆怅烟消云散，这个秋天的午后，一切都有了答案，我也有了树，我一下子有了两棵树，奇妙的是，那是两棵果树！

果树对人怀着悲悯之心。石榴树的表达很热烈，它的繁茂的树叶和灿烂的花朵，以及它的重重叠叠的果实都在证明这份情怀；枇杷含蓄而深沉，它绝不在意我的客人把它错当成一棵玉兰树，但它在初夏季节告诉你，它不开玉兰花，只奉献枇杷的果实。我接受了树的恩惠。现在我的窗前有了两棵树，一棵是石榴，一棵是枇杷。我感激那个种树的素未谋面的前房东。有人告诉我两棵树的年龄，说是十五岁，我想起十五年前我的那棵种在花盆里的苦楝树苗的遭遇，我相信这一切并非巧合，这是命运补偿给我的两棵树，两棵更大更美好的树。我是个郁郁寡欢的人，我对世界的关注总是忧虑多于热情，怀疑多于信任。我的父母曾经告诉过我，我有多么幸运，我不相信，朋友也对我说过，我有多么幸运，我不相信，现在两棵树告诉我，我最终是个幸运的人，我相信了我是个幸运的人。两棵树弥合了我与整个世界的裂痕。尤其是那棵石榴，春夏之季的早晨，我打开窗子，石榴的树叶和火红的花朵扑面而来，柔韧修长的树枝毫不掩饰它登堂入室的欲望，如果我一直向它打开窗子，不消三天，我相信那棵石榴会在我的床边、在我的书桌上驻扎下来，与我彻夜长谈。热情似火的石榴呀，它会对我说，我是你的树，是你的树！

树把鸟也带来了，鸟在我的窗台上留下了灰白色的粪便。树上的果子把过路的孩子引来了，孩子们爬到树上摘果子，树叶便沙沙地响起来，我及时地出现在窗边，喝令孩子们离开我的树，孩子们吵吵嚷嚷地离开了，地上留下了幼小的没有成熟的石榴。我看见石榴树整理着它的枝条和叶子，若无其事。树的表情提醒我那不是一次伤害，而是一次意外，树的表情提醒我树的奉献是无边无际的，我不仅是你的树，也是过路的孩子们的树！

整整七年，我在一座旧楼的阁楼上与树同眠，我与两棵树的相互注视渐渐变成了单方面的凝视，是两棵树对我的凝视。我有了树，便悄悄地忽略了树。树的胸怀永远是宽容和悲悯的，树不做任何背叛的决定，在长达七年的凝视下，两棵树摸清了我的所有底细，包括我的隐私。但树不说，别人便不知道。树只是凝视着我。七年的时光做一次补偿是足够的了。窗外的两棵树后来有点疲惫了，我没有看出来，一场春雨轻易地把满树石榴花打落在地，我出门回家踩在石榴的花瓣上，对石榴的离情别意毫无察觉。我不知道我的两棵树将结束它们的这次使命，七年过后，两棵树仍将离我而去。

城市建设的蓝图埋葬了许多人过去的居所，也埋葬了许多人的树。一九九五年的夏天，推土机将一个名叫上乘庵的地方夷为平地，我的阁楼，我的石榴树和我的枇杷树消失在了残垣瓦砾之中。拆房的工人本来可以保留我的两棵树，至少保留一些日子，但我不能如此要求他们，我知道两棵树最终必须消失，七年一梦，那棵石榴，那棵枇杷，它们原来并不是我的树。

现在我的窗前没有树。我仍然没有树。树让我迷惑，我的树到底在哪里？我有过一棵石榴，一棵枇杷，我一直觉得我应该有三棵树，就像多年以前我心目中最遥远的火车站的名字，是“三棵树”。那还有一棵在哪里呢？我问我自己，然后我听见了回应，回应来自童年旧居旁的河水，我听见多年以前被狂风带走的苦楝树苗向我挥手示意说，我在这里，我在水里！

感谢《简·爱》

文 / 李娟

我在那个落英缤纷的季节轻轻走进你的世界。隔着长长的几百年的岁月，我竟然在看见你的一瞬间深深地被你吸引。

常常在万籁寂静的深夜，我翻开书的扉页，重新面对你，面对那个遥远国度里的纤弱、瘦小的并不漂亮的简。可是，面对你，我不由自主地仰起头来，我觉得在生命的花季遇见你是一件多么幸福的事。

那个多梦的季节对于每个走过的人来说，正是需要崇拜、渴望朋友的季节，我庆幸自己仰慕的不是漂亮的气质优雅的邻家姐姐，不是高大英俊的同窗男孩，而是在书中的年代久远的你。因为你不会老，不会改变，不会随着平淡的时光而变得日渐庸常无奇。你像一颗埋在沙石中的珍珠，在岁月的长河中依然散发着熠熠耀眼的光彩。你还像一棵长在沙海里的沙枣树，不柔媚、不娇艳、不张扬，而是那样地坚韧、独立、勇敢和骄傲。

简，当你在桑菲尔德遇见高大伟岸的罗切斯特先生的时候，你们被彼此的才华和思想的共鸣而深深吸引，两颗心在一步步地靠近对方。当你以为罗切斯特要娶英格拉姆为妻，还要你留在桑菲尔德府的时候，你对他说："你以为，我穷、低微、不美、矮小，我就没有灵魂吗？我的灵魂跟你的一样，——我现在和你说话，并不是通过习俗和惯例，甚至不是通过凡人的肉体，——而是我的精神和你的精神说话；就像两个都经过了坟墓，我们站在上帝的面前，是平等的——因为我们是平等的！"几百年前，曾有一个女子说出这样惊世骇俗、震慑心灵的话语，你非凡的才华和独特的人格魅力吸引每一位读者靠近你的灵魂。

以后渐渐成长的岁月，面对生命里不能躲避的暗流、痛苦和彷徨，在那些暗淡的黑夜里，我无数次小心翼翼地伸出手去，总能与你瘦小的有力的手紧紧相握，你给予我的不仅是生命的力量，还有黑夜里的照耀我心灵的一抹灿烂的星光。

我仿佛看见你穿着碎花的落地长裙，站在高大的梧桐树下，春天的阳光透过树的枝叶洒在你身上，那样惬意、沉静、美丽。你睁着一双清澈的眼睛述说着你孤苦无依的不幸的童年，以及你在孤儿院里受到的非人的折磨，可是你没有倒下，在那些我不可想象的苦难中，在没有一点阳光和温暖的岁月里，你含着泪坚强地一路走来，你以自己的种种不幸和磨难告诉我如何在逆境中保持一颗坚韧不屈的心灵。

我明白，对于植物来说，命运偏爱那些迎着风雨和灾难而生长的倔强的种子。对于人来说，命运会将丰厚的收获奉献给含泪不屈的灵魂。

有评论家说，夏洛蒂笔下《简·爱》的结尾是个败笔，简在一夜之间从贫困交加的穷人成为一个富小姐，简苦尽甘来有情人终成眷属。但是书中现实主义的力量被削弱了。现在的简不再是以精神的力量吸引罗切斯特而赢得爱情的简了。但是，当简在罗切斯特穿越时空的心灵的召唤下，再次回到桑菲尔德的时候，曾经金碧辉煌的桑菲尔德府已经是一片断壁残垣。简看见她日夜思念的人不仅双目失明，而且失去一只手臂，她握住罗切斯特的右手，他问，是简吗？那是什么？这是她的模样，这是她的声音……我想每一位读到这样的结尾的人都和我一样不禁泪流满面。可是，我依然觉得，这样的爱情使每一个真心爱恋过的人不由得惊叹，这样的相遇是多么美好，倘若一同陷入爱情狂澜的两个人隔着年龄深深的沟壑，相遇便更显得凄美异常，像是一个神话，这般落英缤纷，芳草萋萋。

多年以后灯火辉煌的夜里，守着酣睡中我天使般的宝贝，翻开厚重的书的扉页，我又看见了你，像是看见我远隔天涯的姐姐，我们不禁相视着微笑了。面对人生，我要感谢你，因为你赠予我的坚韧、顽强和自信，它足以支撑我坦然承受任何风雨。我也知道你给了我一生都要好好珍惜的不能舍弃的东西。

人生若得一知己，便要感谢上苍的恩赐。若得一两本震撼和影响自己一生的好书，定要因为幸福而落泪。

羊的样子

文 / 鲍尔吉·原野

“泉水捧着鹿的嘴唇……”这句诗令人动心。在我的家乡胡四台，雨后或黄昏的时候，我看到了几十或上百个清凌凌的水泡子小心捧着羊的嘴。

羊从远方归来，它们像孩子一样，累了，进家先找水喝。沙黄色干涸的马车道划开草场，贴满牛粪的篱笆边上，狗不停地摇尾巴，这就是胡四台村。卷毛的绵羊站在水泡子前，低头饮水，天上的云彩以为它们在照镜子臭美。我看到羊的嘴唇在水里轻轻搅动。即使饮水，羊仍小心。它粉色的嘴巴一生都在寻觅干净的鲜草。

然而见到羊，无端地，心里会生添怜意，当一只羊孤零零地站立一厢时，像带着一些哀伤，仿佛知道自己的宿命。在动物里，羊是温驯的物种之一，似乎想用自己的谨小慎微赎罪，期望某一天执刀的人走过来时会手软。同样是即将赴死的生灵，猪的思绪完全被忙碌、肮脏与浑浑噩噩的日子缠住了，这一切，它享受不尽，因而无暇计较未来。牛勇猛，也有几分天真。它知道早晚会死掉，但不见得被屠杀。当太阳升起，绿树和远山的轮廓渐渐清晰的时候，空气中的草香让牛晕眩，完全不相信自己会被杀掉这件事。吃草吧，连同清凉的露珠。动物学家统计，牛的寿命为二十五年，羊十五年，猪二十年，鸡二十年，鹰一百年。这种统计如同在理论上人寿可达一百五十年一样，永无兑现。本来牛羊可以活到寿限，它们并非像人那样被七情六欲破坏了健康。在人看来，牛羊仅仅作为人类的蛋白质资源而存在着。除了鹰——这位天上的尊者。屠夫也从不计算它们是否到了寿限，像人类离退休那样有准确的档案依据。时至某日，整齐受戮，最后“上桌”。如果牲畜也经常进城，看到橱窗或商店里的汉堡、香肠和牛排之后，会整夜地睡不好觉，甚至自杀，像上千只的鲸鱼自杀一样。另一些思路较宽的动物可能这样安慰自己：那些悬于铁钩上带肋的红肉，在馅饼里和葱蒜杂掺一处的碎肉，皆为人肉。因为人是这样的多，又如此不通情理，他们自相残食。这样想着，睡了，后来有鼾。

“众生”是释迦牟尼常常使用的一个词。在一段时间内，我以为指的是人或动物昆虫。一次，如此念头被某位大德劈头痛斥：你怎么知道“众生”仅为鸟兽虫鱼与人类？你在哪里看到佛这样的说法？我不解，“众生”到底是什么呢？佛经里有一段话，“众生皆有佛性，只是尔等顽固不化”。所谓“不化”，即不觉悟，因而难脱苦海。后来获知，“众生”包括草木稼蔬，包括你无法用肉眼看见的小生灵。譬如弘一法师上座时用垫子抖一抖，免得坐在看不见的小虫身上。可知，墙角的草，每一株都挺拔翠绿，青蛙鼓腹而鸣，小腻虫背剪淡绿的双翅，满心欢喜地向树枝高处攀登，这是因为“众生皆有佛性”。即知，“佛性”是一种共生的权利，而“不化”乃是不懂得与众生平等。若以平等的眼光互观，庶几近于佛门的慈悲。

乡村的道上，羊整齐站在一边，给汽车马车让路。吃草时，它偶尔抬起头“咩”一声，其音悲戚。如果仔细观察羊瘦削的脸，无神的眼睛，大约要得出这样的结论：“命不好。”时常是微笑着的丰子恺先生曾愤怒指斥将众羊引入屠宰厂的头羊是“羊奸”。虽然在利刃下，“羊奸”也未免刑。黄永玉说：“羊，一生谨慎，是怕弄破别人的大衣。”当此物成为“别人的大衣”时，羊早已经过血刃封喉的大限了。但在有生之年，仍然小心翼翼，包括走在血水满地的屠宰厂的车间里。既然早晚会变成“别人的大衣”，羊们何不痛快一番，如花果山的众猴上蹿下跳，惊天动地，甚至穿着“别人的大衣”跳进泥坑里滚上一滚。然而不能，羊就是羊，除非给它“克隆”一些猛兽的基因。夏加尔是我深爱的俄裔画家。在他的笔下，山羊是新娘，山羊穿着儿童的裤子出席音乐会。在《我和我的村庄》中，农夫荷锄而归，童话式的屋舍隐于夜色，鲜花和教堂以及挤奶的乡村姑娘被点缀在父亲和山羊的相互凝视中。山羊的眼睛黑而亮；微张的嘴唇似乎在小声唱歌。夏加尔常常画到羊，它像马友友一样拉大提琴，或者在脊背铺上鲜花的褥子，把梦中的姑娘驮到河边。旅居法国圣保罗德旺斯的马克·夏加尔在一幅画中，画了挤奶的女人和乡村之后，仍然难释乡愁，又画了一只温柔的手抚摸画面，这手竟长了七个指头，摸不够。在火光冲天、到处是死亡和哭泣的《战争》中，一只巨大的白羊象征和平。在《孤独》里，与一个痛苦的人相对着的，是一位天使和微笑的山羊。夏加尔画出了羊的纯洁，像鸟、蜜蜂一样，羊是生活在我们这个俗世的天使之一，尽管它们常常是悲哀的。从夏加尔二十七岁离开彼得堡的七十多年的时光里，在这位天真的、从未放弃理想的犹太老人的心里，羊成了俄罗斯故乡的象征。在大人物中，正如有人相貌似鹰，如叶利钦；像豹，如萨达姆。也有人像山羊，如安南，如受到中国人民包括儿童尊敬的越南老伯胡志明。宁静如羊的人，同样以钢铁的意志带领人们走向胜利与和平。

城里很少见到羊。我见过的一次是在太原街北面的一家餐馆前。几只羊被人从卡车上卸下来，其中一只碎步走到健壮的厨工面前，双腿一弯跪了下来。羊给人下跪，这是我亲眼见到的一幕。另两只羊也随之跪下。厨工飞脚踢在羊肋上，骂了一句。羊哀哀叫唤，声音拖得很长，极其凄怆。有人捉住羊的后腿，拖进屋里，门楣上的彩匾上写着“天天活羊”。

后来，我看到“天天活羊”或“现杀活狗”这样的招牌，就想起给人下跪的羊，它低着头哀告。到街里办什么事的时候，我尽量不走那条道，即使有人用“君子远庖厨”或“你难道没吃过羊肉吗？”这样的训词来讥刺我。此时，我欣慰于胡四台满山遍野的羊，自由嚼着青草和小花，泉水捧起它们粉红的嘴唇。诗写得多好，诗中还说“青草抱住了山冈”“在背风处，我靠回忆朋友的脸来取暖”。还有一首诗写道：“我一回头，身后的草全开花了，一大片。好像谁说了一个笑话，把一摊草惹笑了。”这些诗仿佛是为羊而作的。

秃的梧桐

文 / 苏雪林

“这株梧桐，怕再也难得活了！”

人们走过秃梧桐下，总这样惋惜地说。

这株梧桐所生的地点真有点奇怪，我们所住的屋子本来分作两下给两家住的，而这株梧桐恰恰长在屋前的正中，不偏不倚，可以说是两家的分界牌。

屋前的石阶，虽仅有其一，但由屋前到园外的路却有两条——一家走一条，梧桐生在两路的中间，树荫分盖了两家的草场，夜里下雨，潇潇淅淅打在桐叶上的雨声，诗意也两家分享。

不幸园里蚂蚁过多，梧桐的枝干，为蚁所蚀，渐渐地不坚牢了。一夜雷雨，便将它的上半截劈折，只剩下一根二丈多高的树身，立在那里，亭亭有如青玉。

春天到来，树身上居然透出许多绿叶，团团附着树端，看上去好像一棵棕榈树。

谁说这株梧桐不会再活呢？它现在长了新叶，或者更会长出新枝，不久定可以恢复从前的美荫了。

一阵风过，叶儿又被劈下来。拾起一看，叶蒂已啮断了三分之二——又是蚂蚁干的好事。哦，可恶！

但勇敢的梧桐并不因此而挫了它求生的志气。

蚂蚁又来了，风又起了，好容易长得掌大的叶儿又飘去了。但它不管，仍然萌新的芽，吐新的叶，整整地忙了一个春天，又整整地忙了一个夏天。

秋来，老柏和香橙还沉郁地绿着，别的树却都憔悴了。年近古稀的老榆，护定它青青的叶，似老年人想保存半生辛苦储蓄的家私，但哪禁得西风如败子，日夕在它耳畔絮聒。现在，它的叶儿已去得差不多，园中减了葱茏的绿意，却也添了蔚蓝的天光。爬在榆干上的薜荔也大为喜悦，上面没有遮蔽，可以让它们酣饮风霜了。它们脸儿醉得枫叶般红，陶然自足，不管垂老破家的榆树在它们头顶上瑟瑟地悲叹。

大理菊东倒西倾，还挣扎着在荒草里开出红艳的花。牵牛的蔓早枯萎了，但还开花呢，可是比从前纤小。冷冷凉露中，泛满浅紫嫩红的小花，更觉娇美可怜。还有从前种麝香连理花和凤仙花的地里，有时也见几朵残花。秋风里，时时有玉钱蝴蝶翩翩飞来，停在花上，好半天不动，幽情凄恋。它要僵了，它愿意僵在花儿的冷香里！

这时候，园里另外一株桐树的叶儿已飞去大半，秃的梧桐自然更是一无所有，只有亭亭如青玉的树干兀立在惨淡斜阳中。

“这株梧桐，怕再也不得活了！”

人们走过秃梧桐下，总是这样惋惜似的说。

但是，我知道明年还有春天要来。

明年春天仍有蚂蚁和风呢？

但是，我知道有落在土里的桐子。

沙之聚

文 / 张抗抗

去敦煌不全是为了莫高窟。我明白，却不能说。其实心里惦念了很久的是茫茫大漠中那座神奇的鸣沙山。

人说在清朗干爽的风天，傍晚时分，在山脚下能听见沙子“呜呜”的鸣响。伴着月牙泉汩汩的水声，这鸣沙山就是沙漠中的音乐之城。

血红的夕阳隐去山后，天空纯金一般烁亮。鸣沙山从尘埃中静静显露，眼前是一片混沌的金黄。天低了地窄了，原野消失大海沉没，唯有这座凝固的沙山如同宇宙洪荒时代的巨型雕塑，矗立于塔克拉玛干沙漠的起点或是尽头。

也许最初的创造只是出于一场无意的游戏。千古寂寞，朔风把大山和岩石揉成沙砾，然后又把白灼的细沙重新捏成一座山岩——当鸣沙山成为鸣沙山之时，它已是一群雄健而威武的西北汉子，壮硕的脸膛上刻着重重深邃而峻峭的线条。绵延的山脊如一道锋利的刀刃，挎于腰间，举过头顶。曾在梦里见过许多回鸣沙山，但在这一刻却忽然变得不那么真实——曾有过千姿百态的想象，可就是没想到，一座沙子聚成的山，居然能聚得如此坚实如此刚硬如此有棱有角如此轮廓分明。

那沙子是如何一粒粒汇拢堆积聚合，又浑然一体地升高壮大的呢?

我读不懂鸣沙山。

脱去鞋袜，光脚走上沙丘。沙极细且柔软，有一种温热的暖意从脚跟缓缓浮起。沿着山脊上坡，瘦削的山顶如地平线在远天呼唤。沙中的脚窝很深，却不必担心会陷落，沙窝似有弹性，席梦思般地托着，起起伏伏，沉沉浮浮，跳着即兴而随意的舞蹈，在自己身后扔下一长串荡逸的脚印，是沙漠之舟……

忽然恍悟，沙山原来还很温柔。

沙山的温情别有一种表达的方式。天下也许再不会有比鸣沙山更坦率的山了——它从来没有外衣没有包装，没有树林没有青苔，只有金沙连着银沙，一无遮拦地铺陈开去，裸露的身体无须任何一点覆盖，从从容容地展示着它优美的体态和曲线。坦坦荡荡，清清白白，冷峻中含着几分柔韧，野性中尚有几分羞怯，从春到冬，永远敞着胸怀，呵护着来往西域的路人。

我惊疑，我惶惑。我读不懂鸣沙山的性别。

夕阳已完全沉落。月亮从大漠尽头悄悄升起，沉浸在月色中的沙山，如海上漂流的冰峰，烟笼雾绕，白璧无瑕。沙峰之顶更如仙山琼阁，难以企及。回望身后，沙坡笔陡如削，四壁悬空。果然有降落伞的旅游服务，可以山坡上逆风一跃，降落到海绵般的沙谷中去。还有用木头和竹片做成的滑板，人坐在上面，可以从沙坡上出溜溜地滑下来。如同离弦之箭，只要几秒钟时间，就滑到了山下。

只见每个游客滑到山脚，都削下一层沙子，裹下一层沙子。

人，生性也许是喜欢玩沙的吧，那是一个童年的游戏，也是成年后过于放纵的渴望。

于是伙伴们都索性纵身跃入沙海，身体自是滑板，双手代桨，一个个挂在陡峭的沙坡上，前前后后只见幢幢的人影晃动，像一座座移动的沙丘。

月色迷茫，星星深远。亘古大漠，冷峻寂然。有凄凉的风从沙底一丝丝透出来。那个时刻，我相信永恒。

前来膜拜沙山的人几乎每个人都要从沙山上带走些许沙子，沙子藏在鞋里衣里头发里，带到山下，带回他来的那个地方。可是，为什么这鸣沙山竟然未被络绎不绝的游人踩塌？它一日日依然如故，巍然耸立，每日里流失的沙子为什么竟没有使它低矮下去呢？

我仍然读不懂鸣沙山。

有人说，当第二天太阳升起来的时候，游人留在鸣沙山上那一行行凌乱的脚印，就会消失得无影无踪。鸣沙山重又恢复了原状——杳无人迹的雪峰、缎子般的金沙滩。舒缓而坦然，没有一丝波纹和皱褶。

是月牙泉的女神在黑夜里辛劳而奇巧的创作吗？

是沙漠里的精灵不厌其烦的一个游戏吗？

也许是来去无踪的风。是风之手在人们歇息之时，抚平了沙山的每一道印痕，又将沙子驱赶回它们原来的位置，将它们重新凝聚、重新整合、重新磨砺。每日每日，风都在这样不知疲倦地完成着它手中不朽的雕塑。

所以鸣沙山每天都是新的。

人们难以察觉风的工作。人们不会知道，沙子也是可以塑造的。不是用强力黏合剂，不是用万能胶，更不是用强于“沙”的水泥，而就是用这无形无状无色无味的风。当人们发现风儿揉捏了修复了再造了沙山时，风，已飘然而去。

于是我再次仰视再次攀临鸣沙山，在这西域的吉祥宝地，风已成为聚合物的一种精神，一种力量。它来去随缘，挥洒自如，从不刻意而为，却能移山搬山，还能潇洒地在沙山上拨响它的琴弦。

沙之聚，有自由的风之手。那么人心呢？人心之聚，更求八面来风。若是一盘散沙，解铃还须系铃人——风聚沙，便是一个顺其自然、循序渐变的演进之途。想必是当风渗透了沙子的心，风的需要成为沙子的需要时，沙子就自己走动起来，舞蹈起来，最后完成它的屹立。

声声驼铃，在大漠上叮咚远去。鸣沙山，却无言。

绵绵土

文 / 牛汉

那是个不见落日和霞光的灰色的黄昏。天地灰得纯净，再没有别的颜色。

踏上塔克拉玛干大沙漠，我恍惚回到了失落了多年的一个梦境。几十年来，我从来不会忘记我是诞生在沙土上的。人们准不信，可这是千真万确的。我的第一首诗就是献给从没有看见过的沙漠。

年轻时，有几年，我在深深的陇山山沟里做着遥远而甜蜜的沙漠梦，不要以为沙漠是苍茫而干涩的，年轻的梦都是甜的。由于我的家族的历史与故乡人们走西口的说不完的故事，我的心灵从小就像有着血缘关系似的向往沙漠，我觉得沙漠是世界上最悲壮最不可驯服的野地方。它空旷得没有边沿，而我向往这种陌生的境界。

此刻，我真的踏上了沙漠，无边无沿的沙漠，仿佛天也是沙的，全身心激荡着近乎重逢的狂喜。没有模仿谁，我情不自禁五体投地，伏在热的沙漠上。我汗湿的前额和手心沾了一层细细的闪光的沙。

半个世纪以前，地处滹沱河上游苦寒的故乡，孩子都诞生在铺着厚厚的绵绵土的炕上。我们那里把极细柔的沙土叫作绵绵土。“绵绵”是我一生中觉得最温柔的一个词，词典里查不到，即使查到，也不是我说的意思。孩子必须诞生在绵绵土上的习俗是怎么形成的，祖祖辈辈的先人从没有解释过，甚至想都没有想过。它是圣洁的领域，谁也不敢亵渎。它是一个无法解释的活的神话。我的祖先们或许在想：人不生在土里沙里，还能生在哪里？就像谷子是从土地里长出来一样的不可怀疑。

因此，我从母体降落到人间的那一瞬间，首先接触到的是沙土，沙土在热炕上焙得暖呼呼的。我的润湿的小小的身躯因沾满金黄的沙土而闪着晶亮的光芒，就像成熟的谷穗似的。接生我的仙园老姑姑那双大而灵巧的手用绵绵土把我抚摸得干干净净，还凑到鼻子边闻了又闻。“只有土能洗掉血气。”她常常说这句话。

我们那里的老人们都说，人间是冷的，出世的婴儿当然要哭闹，但一经触到了与母体里相似的温暖的绵绵土，生命就像又回到了母体里，然后安生地睡去。我相信，老人们这些诗一样美好的话并没有什么神秘。

我长到五六岁光景，成天在土里沙里厮混。有一天，祖母把我喊到身边，小声说："限你两天扫一罐子绵绵土回来！""做甚用？"我真的不明白。"这事不该你问。"祖母的眼神和声音异常庄严，就像除夕夜里迎神时那种虔诚的神情。"可不能扫粗的脏的。"她叮咛我一定要扫聚在窗棂上的绵绵土："那是从天上降下来的净土，别处的不要。"

我当然晓得。连麻雀都知道用窗棂上的绵绵土扑棱棱地清理它们的羽毛。

两三天之后，我母亲生下了我的四弟。我看到他赤裸的身躯，红润润的，是绵绵土擦洗成那么红的。他的奶名就叫"红汉"。

绵绵土是天上降下来的净土。它是从远远的地方飘呀飞呀地落到我的故乡的。现在我终于找到了绵绵土的发祥地。

我久久地伏在塔克拉玛干大沙漠又厚又软的沙上，百感交集，悠悠然梦到了我的家乡，梦到了与母体一样温暖的、我诞生在上面的绵绵土。

我相信故乡现在还有绵绵土，但孩子们多半不会再降生在绵绵土上了。我祝福他们。我写的是半个世纪前的事，它是一个远古的梦。但是我这个有土性的人忘不了对故乡绵绵土的眷恋之情。原谅我这个痴愚的游子吧！

暗盒笔记

文 / 于坚

我们来到时，卓玛老妈妈一直在走廊上站着，眯笑。她这年纪，已经不是某人的母亲，而是所有人的母亲。她不会说汉话，也没有通过翻译问长问短的毛病，她像看自己的儿子那样看着我们，端来一杯酥油茶，她打的。在我们到来之前的黎明中，卓玛妈妈打好了酥油茶，她并不知道我们将至，每天的酥油茶都会足够所有来到她家的人喝上一碗，她是怎么做到的，这是一位母亲的秘密。我们刚刚翻越高原，被险峻的道路搞得魂飞魄散，在她面前，立即安静了，回到了家似的。她坐在椅子上摇着转经筒，看见我蹲着为她拍照，又眯笑眯笑。后来她忘记了我的存在，闭上了眼睛。

西藏的房间总是有古老的光。

隔壁是一间铜匠作坊，里面坐着七八个小伙子，整个上午，他们一直在叮叮当当敲打着佛像。像一群老母鸡身边叽叽喳喳的小鸡。佛像后来被送到寺庙里去，却是因为那母亲的存在而打造的。

孙子们在阳台上创造新的游戏。鼻涕流了一脸。哭了又笑，在门洞里跑过去。

冬天要来了，粮食已经藏进仓库。

往日，黑獒总是趴着，虚度年华。今天一直竖着耳朵在墙根奔走，主人不得不用绳子拴着它。这村庄大部分时间只有乡亲来往，轮不到它上岗。这是它叫得最快乐的一天，从我们到来一直叫到我们离去，主人呵斥也不听，它终于有了一个龇牙咧嘴的理由。

一只乌鸦在天空上弹着什么。

卓玛妈妈的胸前挂着针线包，牛皮缝制的，小皮袋已经磨腻，里面的针晶亮，她随时取出针线来，把什么缝补缝补。世界本来就是完整的，只是需要缝补缝补，她心目中有一个世界的原始模样。

我趟在阳光刺目的走廊上想着我个人的哲学，针线包与推土机是人类进入世界的两个方向。

世界的女王总是有些做作，有一年，我在昆明大街上看见英国女王，她的车队穿街而过，女王穿着绿色的毛呢衣服，戴着白帽子，频频招手，看上去优雅而慈祥。但车队外面的场面就不怎么优雅了，许多封锁线，有些居民回不了家，被挡住几个小时。一些民居位于女王出巡必经的路线上，三个月前下令迁移、推平，修成水泥的康庄大道，仁慈的女王并不知道。

这个非正式的女王坐在她的羊皮宝座上，小王宫多年烟熏火燎，已经发黑。她身后是灶台，墙边的木架上摆着各种罐子，被一遍遍擦得雪亮，里面藏着烹制美味佳肴的佐料，只有母亲知道它们的用途。

灶台上支着两个黑乎乎的铜锅，正在煮着什么的样子。西藏有无数这样的锅，每一个都仿佛永远在煮着什么。后来锅盖打开了，一把铜勺子在里面搅了一阵，捞起一碗碗羊肉米粥。

那一日，我们一直待到黑夜来临。回去的路上，汽车轮子陷进了泥地，黑茫茫，天空下星子黯淡，已经远离村庄，这里没有电话，相当焦虑。忽然从麦地里钻出来几个藏族人，二话不说，把车抬出来，放下，像是放下一头野猪，大力士们旋即消失。

我以为天一黑，野外就没有人了，其实劳动继续在暗中进行。对于劳动，黑暗并不存在。

我们的康巴司机边白天一边喝酥油茶，一边听那家人说这说那。他告诉我们，帮我们抬车的人中有一个是卓玛妈妈的儿子。卓玛妈妈并不是我们去过的那家的妈妈。

她家那个村的，他指着黑暗的大地说，喏，就是那里。

有话对你说

文 / 韩小蕙

一

不知道你在哪里，有话对你说。

昨夜的一场寒雨把已经凋零得所剩无几的北方又剥离去一层。抬眼望过去，苍白的天空上，什么也看不见，光听到一支肃杀的悲秋之曲反复回旋冲撞着，令人绝望。把眼光收回来，期望大地，僵硬的大地裸露出来的还是大片大片的苍白，连金黄色的落叶也不见几张。

天间地间虚空间，皆然一片白茫茫……

于是，感觉也不对了，好像这世界上的五彩缤纷——声响、色彩、图像，山、水、人，凡是代表着鲜活的、向上的、生命激情的花叶，突然间都从眼前消失了。

只剩下茕茕孑立的我自己！

我立时慌了神。虽然平时在茫茫人海中，在喧嚣中，时时刻刻都在祈求一个神示的所在，一心想进到那个没人的地方独处。可是当真的发现只剩下我自己一个人时，内心里立即被极度的恐惧重压失衡，凄凉地呼喊着你，求你来救我！

二

不知道你是否听见了，有话对你说。

从那残酷的空白中，我突然体味到悲悯的情怀。

生命是多么的短促。生老病死，花开叶落，在冥冥之中，主宰着我们的神一点也不肯网开一面。

那么，我们应该多么认真地加倍珍惜地走完自己的生命历程。

可是，为什么，我们又总不能如此呢？

有着那么多规矩、限制、禁锢、忌讳、阻碍、条条框框、流言蜚语……蛇一样地缠绕在我们的身上。就连哪怕心灵的一次微颤，也逃不脱它无时不在的刻毒的眼睛。于是，一颗心儿终日里沉甸甸的，就连对谁多一个微笑，多一点亲情，也似乎犯了罪似的检讨不已。有那么一天，不知是缺了哪根“筋”，我忽然说出了一篇真话，自以为是天下为公的境界，可以起一点惩恶扬善的小小作用。不料，朋友们的电话“丁零零”地全来了：

“你怎么了？你！真话是只能够藏在心里，不可以随随便便说出来的。”

“你以为只有你最聪明，只有你看到这个世界的丑陋了吗？完全不是，别人比你早一千年，早就明察秋毫了。”

“怎么能够赞扬人呢？没被你赞扬的人，或者被你赞扬的人的对手们，会怎么想？”

“批评就更加不能够，哪怕是人人都厌之唾之声讨之的无赖，你看吧，当着他的面，人们还会去跟他握手，扯淡几句天气、身体一类的废话。”

“人啊，本来活着就不易，你干吗还要没事找事？要知道，一件珍贵的东西，得之弥艰，毁之殊易！”

我完全蒙了。想了半天，才说出一句久藏在心里的话：

“我只是想让这个世界变得美好一些……”

谁知我的话还未说完，朋友们还未来得及再气急败坏地教训我，缠在身上的那蛇忽然扭动着黑色的身躯，“啪啪啪”地笑开了。它这会儿大概心情正好，笑得上气不接下气，然后突然顿住，像哲学家似的教导我说：

“你不是救世主。你不但惩恶不成，那些恶棍还会把他们的全部毒汁都集中起来对准你。等着吧，你好好等着吧，他们会整日整日地追逐你，搅得你再也不得安生。”

说到这里，它响亮地甩了一下尾巴，“啪啪啪”地又笑起来。后来又吐着红红的芯子，加了恶狠狠的一句：

“他们至少会追逐你一百年！”

“哦，原来是这样。”我大叫一声，胸膛轰然裂开来。一股久蓄的沉重呼啸而去，顿时豁然开朗，无比轻松。我感到久已沉闷的怠倦的心一下子有了活力，浑身的血脉都汩汩地奔腾起来。

我转身扑到钢琴上，弹了一曲我心爱的拜厄第六十六号钢琴曲。我的彦弟曾经告诉我，他从这首曲子里听出了一个倔强的、昂扬的、渴望为真理而冲锋的灵魂。

三

不知道你能否理解我，有话对你说。

钢琴的余音还在回荡，我却沮然垂下头，沉进人类的大悲哀里，心里堵得疼。

有话对你说。

对别人，我一天比一天沉默。

我只想逃回自己的窝里，依在你温馨的慰藉里，歇息。

不是因为胆怯，也不是因为没有能力，而是因为极度地失望。

不知道你是否体味过那种心里有话，却无从对人倾诉的痛苦。这是精神的苦役。刚才我走在大街上，被夹在人流之中，竟突然茫然失措。穿着漂漂亮亮的男人女人们，各自向着他们的目标，急急忙忙地走着。而我却突然不知道要走向哪里，要做什么。我甚至迷惑地失去了自己，被人群的惯性所裹挟，脚机械地挪，心却在空洞洞地流血……

我就去找我的朋友们。可是他们都出门了，有的去凭吊圆明园的废墟，有的去赏玩香山的红叶，还有的在石景山游乐场翻江倒海……

我就去找我的文友们。可是近在咫尺的在忙于吟诗作文写小说电影电视剧，天南海北的又是路也迢迢，心也迢迢……

我就去找我的老师。可是他已经顾不上我，面对着新一茬学生，他的心已被拴在他们身上……

我就去找我的亲人。可是高堂虽健在，而两座肩膀的大山却已被岁月的流水冲得坑坑洼洼，我不忍再去依傍他们；兄弟姐妹们一个个都没精打采，各自挑着一副沉重的日月星辰，无暇再顾及我；我可爱的小女儿呢，眼睛里清澈无比，一颗率真的心在叽叽喳喳地唱，我又怎能忍心去折断她的翅膀……

我就去找我的书。可是书太智慧了太原则了太形而上学了，你听：“希望是坚固的手杖，忍耐是旅衣，人凭着这两样东西，走过现世和坟墓，迈向永恒。”（罗高语）他说得完全正确，大智大慧，可是要命的是，我还没有修炼到那么高的境界，还顾及不上永恒……

最后，我又去朝拜宗教。九华山、峨眉山、五台山，碧云寺、灵隐寺、普宁寺，我寻寻觅觅地都去了。仙山道远，路陡雾大，都没有阻遏住我的决心。可是释迦牟尼只是慈眉善目地望着我，不语。我又去到天津，走进巍峨的天主大教堂。

教堂好高啊，凌云盖顶，直达天国，然而我却只看到了痛哭流涕的信徒们，没有见到上帝……

上穷碧落下黄泉呀！

我忍不住大声地哭泣起来，一边哀哀地继续我的蹀躞。一路上，不断有好心的路人拦住我，问我怎么了，我再也顾不得什么规矩、限制、禁忌……呜咽着告诉他们：我在找你！

四

不知道你是否接纳我，有话对你说。

在经历了一连串如熬如煎的心路历程之后，我开始想到生，想到死，想到活着到底是为了什么。

太阳为什么是红的，而不是黑的？

江河为什么要流动，而不愿静止？

女人为什么一定要美如莹玉，而男人为什么一定要成就功业？

……

这些最基本的念头愚蠢地纠缠在我的脑子里，像四月的阴霾一样不肯散去。我被折磨得形同枯槁，奄奄一息，终于懂得了什么叫作抑郁而疾。

我觉得有些受不住了。胸口一阵阵发闷，喘不上气来。

我真想躺倒，不再思，不再想，不再哭，也不再急，只要宁静地睡入天国。

可是我还年轻如诗，黑发如瀑，明目达聪。这个世界的许多还没有经历没有体验，心中的激情还没有完全被湮灭，幻翼还在渴望着拍击。闭上眼睛固然是一片迷蒙，可是睁开双眼，周围尽还有阳光、月色、春花、秋果……还有亲情、友情、爱情……

于是，只有努力排解。

我登上泰山去看壮丽的红日，我跳进大海去做美丽的人鱼。我拼命地工作，想要忘却——忘却自己是谁，忘却世界是什么。最好换一个太阳，换一个自我，换一个轻松一点的世界。

可是，我却失败了。惨败。

于是，我终于明白了：靠我自己不行，真的不行，我还是必须找到你。靠在你大山一样的胸膛上，哪怕仅歇息一刻。

你不知道，傍着你的心，我才有继续走下去的勇气。你是我信心的灯塔，因为有了你，生活才不再孤寂，孤寂才不再痛苦，痛苦才不再难耐。过去，人都说我是一个温文尔雅的女孩，我以为，支离破碎的我早已永远地失却了这份温柔。

可是如今，我发现我的心还是热的，还在有力地跳动——为了你，我至少还能跳动一万年。

我就大声地呼你喊你，加快脚步追赶你。只要能够找到你，我不怕走过遍布毒蝎的沼泽，不怕蹚过鳄鱼成群的河流，不怕穿过毒蛇缠绕的树林，不怕越过虎狼出没的山冈。宁愿历尽九九八十一难，宁愿如夸父道渴而死，也要找到你！

我也不明白是什么在支撑着我，只知道心里在一遍一遍地对你说：

愿把我的手给你，
愿把我的心给你，
愿把我的灵魂给你，
愿把我的生命给你。
愿把我的一切一切，
统统都给你……

五

不知道你到底在哪里呀，我急急忙忙地想要快些找到你，有话对你说。

我托过风，让风吹遍茫茫天宇，找你。

我托过雨，让雨流向滔滔大地，找你。

可是，不知道你是故意铁着心，还是真的没听见，我怎么到处也找不到你。

也曾经有人朝我伸过手来，温存兮热情兮令我心窝发热。

也曾经有人朝我绽开微笑，真诚兮灿烂兮令我心旷神怡。

还有人把整个身心都来拥抱我；还有人把整个生命都来贴近我；还有人把整个胸怀都来包容我……

每一次我都欣喜得大笑大跳，以为终于找到了你。可是最后，却又夹着哀哭或伴着冷笑超越过去。不，他们都不是你，尽管他们不乏智慧与才华，不乏哲理和警句，不乏异邦的故事域外的风情，不乏人际的经验处世的圆浑……这些对于生命总不成熟的我来说，都弥足珍贵。可是，我的一颗心太沉重了，他们都负载不起，我想找的，只是心心相印的你。

找你找得真苦呀！就像歌中唱的：像生一样苦，像死一样苦，像梦一样苦，像醒一样苦……

不过，苦到极处，甜，能够降临吗？

我祈祷！

六

说了半天，还不知道你到底是谁？！

是海、天、神？是儒、释、道？是古希腊的宙斯？是西斯廷的圣母？是大智大慧者亚里士多德、黑格尔、伏尔泰？是大作家大诗人莎士比亚、歌德、托尔斯泰？

不，都不是。

你就是你——我心中实实在在的有话对你说的你。

绝版的周庄

文 / 王剑冰

你可以说不算太美，你是以自然朴实动人的。粗布的灰色上衣，白色的裙裾，缀以些许红色白色的小花及绿色的柳枝。清澈的流水柔成你的肌肤，双桥的钥匙恰到好处地挂在腰间，最紧要的还在于眼睛的窗子，仲春时节半开半闭，掩不住招人的妩媚。仍是明代的晨阳吧，斜斜地照在你的肩头，将你半晦半明地写意出来。

我真的不知道你在那里等我，而且等我好久好久。我今天才来，我来晚了，以致使你这样沧桑。而你依然很美，周身透着迷人的韵致。真的，你还是那样纯秀、古典，只是不再含羞，而是大方地看着每一位来人。周庄，我呼唤着你的名字，呼唤好久了，却不知你在这里。周庄，我叫着你的名字，你比我想象的还要动人。我真想揽你入怀。只是扑向你的人太多太多，你有些猝不及防，你本来已习惯的清静与孤寂被打破了。我看得出来，你已经有些厌倦与无奈。周庄，我来晚了。

有人说，周庄是以苏州的毁灭为代价的。因此眼前即刻闪现出古苏州的模样。是的，苏州脱掉了罗衫长褂，苏州现代得多了。尽管手里还拿着丝绣的团扇，但已远不是躲在深闺的旧模样。这样，周庄这位江南的古典秀女便名播四海了。然而，霓虹闪烁的舞厅和酒楼正在周庄四周崛起。周庄的操守能持久吗？

参加“富贵茶庄”奠基仪式。颇负盛名的富贵企业与颇负盛名的周庄联姻。而周庄的代表人物沈万三也名富，真是巧合。代表富贵茶庄讲话的是一位长发飘逸女郎，周庄的首席则是位短发女子，又是巧合。富贵、茶、周庄、女子，几个字词在蒙蒙春雨中格外亮丽。回头望去，白蚬湖正闪着粼粼波光。

想起了台湾作家三毛，三毛爱浪游，三毛的足迹遍布全世界，三毛的长发沾的什么风都有。三毛一来到周庄就哭了，三毛搂着周庄像搂着祖国。其实三毛心里很孤独。三毛没日没夜地跟周庄唠叨，吃着周庄做的小吃。三毛说，我还会来的，我一定会来的。三毛是哭着离去的，三毛离去时，最后亲了亲黄黄的油菜花，那是周庄递给她的黄手帕。周庄的遗憾在于没让三毛久久留下，三毛一离开周庄，便陷入了更大的孤独，终于把自己交给了一双袜子。三毛临死时还念叨了一声周庄，周庄知道，周庄总这么说。

入夜，乘一只小船，让桨轻轻划拨。时间刚过九点，周庄就早早睡了，是从没有电的明清时代养成的习惯。没有喧闹的声音，没有电视的声音，没有狗吠的声音。

周庄睡在水上。水便是周庄的床。床很柔软，有时轻微地晃荡两下，那是周庄变换了一下姿势。周庄睡得很沉实。一只只船儿是周庄摆放的鞋子。鞋子多半旧了，沾满了岁月的征尘。我为周庄守夜，守夜的还有桥头一株粲然的樱花。这花原本不是周庄的，如同我。我知道，打着鼾息的周庄，民族味儿很浓。

忽就闻到了一股股沁心润肺的芳香。幽幽长长地经过斜风细雨的过滤，纯净而湿润。这是油菜花。早上来时，一片一片的黄花浓浓地包裹了古老的周庄。远远望去，色彩的反差那般强烈。现在这种香气正氤氲着周庄的梦境，那梦必也是有颜色的。

坐在桥上，我就这么定定地看着周庄，从一块石板、一株小树、一只灯笼，到一幢老屋、一道流水。这么看着的时候，就慢慢沉入进去，感到时间的走动。感到水巷深处，哪家屋门开启，走出一位苍髯老者或纤秀女子，那是沈万三，还是迷楼的阿金姑娘？周庄的夜，太容易让人生出幻觉。

对面的茑萝

文 / 谭延桐

对面的茑萝早就已经爬得有七楼那么高了。也不知道它究竟是怎么爬上去的。好像刚刚搬来时，它就已经爬得有那么高了。如果楼层再高一些的话，我想，它还会爬得更高的。它似乎天生就有一种攀岩的本领似的。站在阳台上看去，那幢楼的外观就像是涂了一层厚厚的绿油漆。经过了一年四季的风吹日晒，那层绿油漆显然是明显地旧了——尽管不像北方的茑萝那样完全地改变了颜色，可也的确是旧了——这时候，春天便像往年一样，提着满满的一桶绿油漆，重新又把它漆成了新鲜的绿色，一种谁见了谁都会由衷地喜欢的绿色。由绿色打扮着那幢旧楼，旧楼就再也不显得旧了。相反，倒是多了一种神采，一些神秘。

每当写作写得累了，我总是喜欢跑到阳台上去，望一望那些茑萝，那些让人鼓舞的绿色。说它们是那幢楼房的毛发或外衣也可以。那些毛发或外衣不仅装点了那幢楼房，也装点了我的心情。这时候，我的心情总是异样地好。就似乎我的被那些文字一点一点吸去了水分的心情又增添了许多叶绿素似的。我当然知道这些叶绿素是具有吸收和传递光能的重要作用的，它们总是积极地参与着我生命中的光合作用。生命中一旦没有了光合作用，那是会很可怕的，至少会导致一种苍白，甚至窒息的。我始终牢记着这一点。因此，我感激那些叶绿素。说白了，就是我感激那些茑萝，茑萝，茑萝。我像默念着一位恩人的名字一样，默念着，茑萝，茑萝……我知道，茑萝的名字就是我默念一千遍，也是不够的。我期待着，当我默念到第一千零一遍的时候，它能够在我的生命里抽芽，并且爬满我的生命的四壁。最好是，风一来，我的生命就会沙沙作响，浑身是音乐。我知道，我所期待的，并非空幻。空幻从来都是有的，但在一个真诚的期待者那里，空幻也从来都是识趣的。它知道该如何在它告退的时候知趣地告退。这些，和空幻打过多年交道的我，当然知道。

似乎并没有多少人像我一样地注意它，并对它充满非同寻常的兴趣。可是，它依然默默地施展着自己的才华，挥洒着自己的豪情。突然有一天，对，是中午，我看见一帮刚刚放学的孩子从那里走过。他们不约而同地仰起了脑袋——仰得那些小小的发光的脑袋都快要和大地平行了——其中一个说，哇，它们爬得可真高啊，我能爬得有它们那么高就好了。另一个说，如果我们家住的那幢楼也能穿上这样的绿衣服该有多好啊，这样的话，我就等于是住在绿色军营里了。我爸爸妈妈就是首长，我就是“好兵帅克”了。有一个小女孩赶紧站出来十分骄傲地说，我们家就住在这幢楼里呀，嘻嘻，我是绿色公主。她的话立刻引来了许多的嫉妒。是的，住在这样一幢穿着绿衣服的楼房里，也的确是值得骄傲、让人嫉妒的，特别是在这样一个绿色越来越珍贵的年代里。

我早就已经过了嫉妒的年纪。我只有欣赏。不远不近地，静静地欣赏着它。越是欣赏，我越是觉得它是一种恩惠，一种赐福。而要承受这样的恩惠和赐福，的确是需要力量的。一棵杂草，一根鸡毛，一缕烟雾，肯定是承受不了它的恩惠和赐福的。于是，我赶紧走回了我的书房，又一次把自己安置在了座椅上。没有人要求我这样整天地坐在一个单人牢房里，和自己过不去，是我自己要求我这样，和自己较劲儿。我的面前坐着一个无形的人，我是在和这个无形的人对弈，掰手腕儿，谈判，辩论。我凭什么要输给他？平白无故地，在这样一件事儿上，我找不到任何理由。所有的理由，我都交给“念经”这一件事儿了。念文学的经，念大了年龄，念白了头发，念瘦了身骨，我的理由也还是充分的，并且无比充分。

“你就那么迷恋它吗？”有一位朋友这样问我。

我不知道他所说的“它”，是指茑萝，还是指文学。可是我想，“它”指什么已经不重要了，关键是，我在迷恋它了。是一种不可更改的迷恋。因此，我便借用日本禅学大师铃木大拙的话来这样回答他：“我不指望靠它来打发冉冉而逝的时光，我只是觉得在关注它时，我心里奇妙而又充实。”还有比“奇妙而又充实”更能概括我的幸福的吗？

如果不能像茑萝那样把生活这面墙壁装饰一新，那我们整天地在生活这面墙壁上爬来爬去，就是爬得再高，又有什么用？

向日葵

文 / 冯亦代

看到外国报刊登载了久已不见的凡·高名画《向日葵》，以三千九百万美元的高价在伦敦拍卖成交，特别是又一次看到原画的照片，心中怏怏若有所失者久之；因为这是一幅我所钟爱的画。当然，我永远不会有可以收藏这幅画的家财，但这也禁不住我对它的喜欢。如今归为私人所有，总有种今后不复再能为人们欣赏的遗憾。我虽无缘亲见此画，但我觉得名画有若美人，美人而有所属，不免是件憾事。

记得自己也曾经有过这幅同名而布局略异的复制品，是抗战胜利后在上海买的。有天在陕西南路街头散步，在一家白俄经营小书店的橱窗里看到陈列着一幅凡·高名画集的复制品。凡·高是十九世纪以来对现代绘画形成颇有影响的大师，我不懂画，但我喜欢他的强烈色调，明亮的画幅上带着些淡淡的哀愁和寂寞感。

《向日葵》是他的系列名画，一共画了七幅，四幅收藏在博物馆里，一幅毁于第二次世界大战时的日本横滨，这次拍卖的则是留在私人手中的最后两幅之一；当下我花了四分之一的月薪买下了这幅凡·高的精致复制品。

我特别喜欢他的那幅《向日葵》，朵朵黄花有如明亮的珍珠，耀人眼目，但孤零零插在花瓶里，配着黄色的背景，给人的是种凄凉的感觉。似乎是盛宴散后，灯烛未灭的那种空荡荡的光景，令人为之心沉。我原是爱看向日葵的，每天清晨看它们缓缓转向阳光，洒着露珠，是那样的楚楚可怜亦复可爱。如今得了这幅画，便把它装上镜框，挂在寓所的餐室里。

向日葵衬在一片明亮亮的黄色阳光里，挂在漆成墨绿色的墙壁上，宛如亭亭伫立在一望无际的原野中，特别怡目，但又显得孤清。每天我就这样坐在这幅画的对面，看到了欢欣，也尝到了寂寞。

之后我读了欧文·斯通的《生活的渴望》，是关于凡·高短暂一生的传记。他只活了三十七岁，半生在探索色彩的癫狂中生活，最后自杀了。他不善谋生，但在艺术上却走出了自己的道路，虽然到死后很久，才为人们所承认。我读了这本书，为他执着的生涯所感动，因此更宝贵他那画得含蓄多姿的《向日葵》。我似乎懂得了他的画为什么一半欢欣，一半寂寞的道理。

中华人民共和国成立后，我到北京工作，这幅画却没有带来。总觉得这幅画面与当时四周的气氛不相合拍似的。因为周围已没有落寞之感，一切都沉浸在节日的欢乐之中。但是曾几何时，我又怀恋起这幅画来了。似乎人就像是这束向日葵，即使在落日的余晖里，都拼命要抓住这逐渐远去的夕阳。我想起了深绿色的那面墙，它一时淹没了这一片耀眼的金黄；我曾努力驱散那随着我身影的孤寂，在做无望的挣扎。以后星移斗转，慢慢这一片金黄，在我的记忆里也不自觉地淡漠起来，逐渐疏远得几乎被遗忘了。

我曾被谪放到南荒的劳改农场，每天做着我力所不及的劳役，心情惨淡得自己也害怕。有天我推着粪车，走过一家农民的茅屋，从篱笆里探出头来的是几朵嫩黄的向日葵，衬托在一抹碧蓝的天色里。我突然想起了上海寓所那面墨绿色墙上挂着的凡·高的《向日葵》。

我忆起那时家庭的欢欣，三岁的女儿在学着大人腔说话，接着她也发觉自己学得不像，便嘻嘻笑了起来，爬上桌子指着我在念的书说："等我大了，我也要念这个。"而现在眼前只有几朵向日葵招呼着我，我的心不住沉落又飘浮，没个去处。以后每天拾粪，即便要多走不少路，也宁愿到这处来兜个圈。我只是想看一眼那几朵慢慢变成灰黄色的向日葵，重温一些旧时的欢乐，一直到有一天农民把熟透了的果实收藏了进去。

我记得那一天我走过这家农家时，篱笆里孩子们正在争夺丰收的果实，一片笑声里夹着尖叫。我也想到了我远在北国的女儿，如果她现在就夹杂在这群孩子的喧哗中，该多幸福！但如果她看见自己的父亲衣衫褴褛，推着沉重的粪车，她又做何感想？我噙着眼里的泪水往回走。我又想起了凡·高那幅《向日葵》，他在画这画时，心头也许远比我尝到人世更大的孤凄，要不他为什么能画出行将衰败的花朵呢？但他也梦想欢欣，要不他又为什么要用这耀眼的黄色做底呢？

凡·高的《向日葵》已经卖入富人家，可那幅复制品，却永远陪伴着我的记忆，难免想起作画者对生活的疯狂渴望。人的一生不管有多少波涛起伏，但对生活的热爱却难以泯灭。阳光的金色不断出现在我的眼前，这原是凡·高的《向日葵》道出了我未能一表的心思。

到天堂的距离

文 / 肖复兴

第一次读美国女诗人狄金森的诗，随手随便翻着书，像是占卜，翻到哪一页就是哪一页，翻到的是这样的一首：

到天堂的距离
像到那最近的房屋
如果那里有个朋友在等待着
无论是祸是福

这几句短短的诗，便再也没有忘记。是湖南人民出版社一九八四年版的《狄金森诗选》。一本灰绿色的封面。好诗就像是漂亮的姑娘，留给人的印象总是深的。

到天堂的距离真的就是那样的近吗？只要那里有个朋友在等待着？

当时，我这样问自己。我的答案是肯定的。狄金森说出了我心里的话。

那时，我有一个朋友，他和我都在中学里当老师，我们都刚刚从北大荒回到北京。常常就是这样，有事没事，心里高兴了，心里烦恼了，都会相互地跑过来，不是我到他家，就是他到我家，不管是刮风，还是下雪，骑着一辆破自行车，跑了过来，远远地看见了屋里的灯光亮着，就会觉得那橘黄色的灯光像是温馨的心在跳动，朋友——不管对于我，还是对于他——都正在屋里等待着呢。

我们聚在一起，其实只是聊聊天，无主题地聊天，却曾经给予我们那样多的快乐。那时，我们都不富裕，唯一富裕的是时间。那时，我们哪儿也不去，就是到家里来聊天，其实是因为我们衣袋里实在“兵力”不足，不敢到外面去花费。一杯清茶，两袖清风，就那样地聊着，彼此安慰着，鼓励着，或者根本没有安慰，也不鼓励，只是天马行空天南地北地瞎聊，一直聊到夜深人静，哪怕窗外寒风呼啸或是大雪纷飞。如果是在我家，聊得饿了，我就捅开煤火，做上满满一锅的面疙瘩汤，放点儿香油，放点儿酱油，放点儿菜叶，如果有鸡蛋，再飞上一圈蛋花，就是最奢侈的享受了，那是那段日子里我拿手的厨艺。

围着锅，就着热乎劲，满满的一锅，我们两个人竟然吃得一点不剩。

其实，现在想想，那时候我们在一起聊天中所包含的内容，也不见得多么的高尚，并不是将精神将感情将心中残存有的一份浪漫，极其认真而投入地细针密线缝缀成灿烂的一天云锦。虽然到头来做不成一床鸳鸯被面，毕竟也曾经闪烁在我们的头顶，辉映在我们的心里，迸发出一点星星的光芒，让我们眼前不曾一片漆黑。

我们也没有如现在的年轻人一样，讲究一番设计和规划乃至包装，让未来的日子脱胎于今日，让投入和产出呈一种正比上升的函数弧线，或者借助我们的关系滚雪球似的再发展一张新的关系网。没有，我们只是以一种意识流的聊天方式，以一种无知般的幼稚态度，以一种乌托邦的放射思维，度过了那一个又一个只有疙瘩汤相伴的日子。如果按照现在的标准，我们是颗粒无收，我们不仅浪费了时光，也浪费了赚钱和升迁的机遇。

但是，我依然想念那些个单纯的只有疙瘩汤相伴的日子。我们心无旁骛，所以我们单纯，所以我们快乐；我们知足，所以我们自足，所以我们快乐。

夜晚，我盼望着他到我家里来，同样，他也盼望着我到他家里去。那时，我们没有电话，没有手机，没有金钱，没有老婆，没有官职，没有楼房。但是，那时，我们真的很快乐。往事如观流水，来者如仰高山，我们只管眼前，我们相互鼓励，我们彼此安慰，并不是如今手机短信巧妙编织好的短语，也不是新年贺卡烫金印制上的警句，更不是像现在一样，靠电话靠“伊妹儿”。我们只是靠着最原始的方法，到对方的家里去，面对面，接上地气，接上气场，让感情贯通，让呼吸直对呼吸。我们只是心有灵犀一点通，谈笑之中，将一切化解，将一切点燃。

记得有一次，我去他家，他正因为什么事情（大概是学校里的工作安排）而烦恼不堪，低着头，闷葫芦似的，一句话也不说。我拉着他出门骑上自行车，跟我一起回家。一路顶着风，我们都没有说话，回到家，我做了一锅疙瘩汤，我们围着锅，热乎乎地喝完，他又开始说笑起来，什么都忘了，什么也都想起来了。

记得有一次，我的母亲突然去世，想起母亲在世时的一桩桩往事，想起自己年轻时候的不懂事而让母亲的伤心，我正在悲痛欲绝而渴望有一个可以倾诉的人。怎么这么巧，他推门走进我的家，像是知道我的渴望一样。他就那么安静地坐在我的面前，听我倾诉，一直听我陈芝麻烂谷子地讲完。他没有安慰我，那时候，倾听就是最好的安慰。我连一杯水都忘了给他倒，他知道，那时候，我需要的和他需要的是什么。

什么是天堂？对于不同的人，这个世界上有不同的天堂。对于我们，这就是天堂。狄金森说得对：

到天堂的距离
像到那最近的房屋
如果那里有个朋友在等待着
无论是祸是福

二十年过去了，我现在想起这首诗，总忍不住想起另一个诗人的另一首诗，是诺贝尔奖的获得者爱尔兰人西默斯·希尔，他这样写道：

你就像有钱人听到一滴雨声，
便进了天堂。
都是天堂，
有的在有钱人那里，
有的在有朋友等待的屋里。
天堂距离，
哪个远？哪个近？